HAYMON taschenbuch 12

HAYMON tb **12**

Ungekürzte Taschenbuchausgabe
Haymon Taschenbuch, Innsbruck-Wien 2009
www.haymonverlag.at/haymontb

ISBN 978-3-85218-812-6

Umschlag- und Buchgestaltung:
Kurt Höretzeder, Büro für Grafische Gestaltung, Scheffau/Tirol
Satz: Haymon Verlag/Roland Kubanda
Coverfoto: www.photocase.com
Autorenfoto: Walter Horn

Gedruckt auf umweltfreundlichem,
chlor- und säurefrei gebleichtem Papier.

H. C. Artmann

Im Schatten der Burenwurst

mit Zeichnungen
von Ironimus

H. C. Artmann

Im Schatten der Burenwurst

Januskopf Prater

Willst du wissen, wie es um deine Zukunft bestellt ist, dann geh nur in den Prater hinunter. Dort steht eine uralte, überaus sinnreiche Riesenmaschine, die wie ein Orchestrion aussieht. Jeden Augenblick ist Musik zu erwarten, die sich zirpend und spröd, melancholisch und voll Vergänglichkeit in den frischen, grünen Kronen der nahen Alleebäume verspinnen könnte und teilchenweise im unendlichen Gewirr aus Blatt und Ast der ferneren Donauauen. Ein rundes Glasfenster gibt ein wohldurchdachtes Wunderwerk von metallenen Federn und Kapseln, Spiralen und Zahnrädchen frei, so daß uns vor ehrfürchtigem Staunen der Atem ausbleibt.

Wie weit waren doch schon unsere Techniker Anno 90! Wir brauchen nur getrost an diese „Einzig originale, echte Wahrsagemaschine" heranzutreten, die linke Hand darauflegen (und das ist wichtig, denn diese führt zum Herz und somit zu unserem Sinnen und Trachten, was bei uns Wienern immer daraus und nicht aus dem Gehirn zu gehen hat), mit der Rechten legen wir den Schilling-Obolus auf eine Metallzunge, und zack, weg ist er ...

Und das Werk hochfliegenden Menschengeistes beginnt geheimnisvoll zu arbeiten. Schicksalhaft schiebt sich ein Uhrzeiger in umgekehrter Richtung, schreibt langsam und tickend seinen magischen Kreis, im Ungeheuerleib der Prophezeiung stampft es und pocht es, als höre man den aufgeregten Atem eines Riesen aus weiter Ferne, ein kupfernes Hüsteln und Schnarren, springende Federn wie Vogelstimmen; ein sirrender Ton ... und die Handfläche der Linken, die Fläche der Hand, die zum Herzen führt, wartet, liegt auf der vernickelten Vorlage und wartet und – klack! Ein lautes Gerassel setzt ein. Aus einer Öffnung des wunderbaren Apparates flattert ein weißes, violettbedrucktes Täubchen, der Zettel mit deiner Zukunft!

„Sie sind ein Materialist; dies führt Sie zu Reichtum … Sie sind verschlossener Natur, besitzen aber inniges Zartgefühl … Sie stehen vor einer glücklichen Zukunft, die der Lohn Ihres Fleißes sein wird."

Du magst den Wunderapparat zehnmal versuchen, es kommt immer dasselbe heraus. Er ist unbestechlich. Und all das Glück für einen Schilling!

Ja, der alte Prater versucht einen immer wieder zu trösten mit seinen Elektrisierapparaten, mit der letzten Wahrsagemaschine der Welt und dem Watschenmann, mit seinen Bäumen und den Brennesselgenerationen hinter den alten Buden.

Dafür ist der „moderne Prater" wirklich modern. Was es da nicht alles gibt – ein richtiges Weltstadtprogramm. Angefangen von rasenden Autorennen bis zum sündhaften Strip-Tease. Vor den Buden jener charmanten Exhibition geht es hoch her: „Was Sie hier sehen, meine Damen und Herren, braucht keinen Vergleich mit'n Mulin Rusch nicht zu scheuen. Ein Programm, wie es Baris, London oder Newjorg kaum aufzuweisen hat! Eine schöne Frau entkleidet sich vor Ihren Augen! Natürlich ist das eine Sache für erwachsene Menschen! Für solche, die ihre Schulaufgaben schon gemacht haben. Treten Sie herein und lassen Sie sich bezaubern. Nur für Erwachsene, meine Herrschaften, nur für Erwachsene! Ausweise sind beim Eintritt vorzuweisen!!"

Paris erblaßt vor Neid.

Das Innere der Bretterbude ist von einigen Lamperln spärlich erleuchtet. Der Vorhang hängt lustlos wie die Mundwinkel einer grantigen Frau vor der winzigen Bühne. Die Bankreihen sind gesteckt voll von jugendlichen Strip-Tease-Fans. Man johlt und ruft sich launige

Devisen zu. Ein älterer Herr in Erwartung sultanischer Spezialitäten kommt hereingestolpert. Es ist zu dunkel. Er hat leider einen Pfosten in diesem mystischen Dämmerlicht übersehen und ruft entschuldigend: „Öha!"

Das Parkett jauchzt: „Voda, host dein Ausweis mit? Des is nix fia di. Kum wieda, bist aus da Schul bist!"

Es klingelt elektrisch. Hervor tritt mit edlem Anstand der Ausrufer, Verzeihung, der Conférencier.

„Meine Damen und Herren, nicht daß Sie glauben, daß ich Ihnen jetzt sagen werd', die Vorstellung ist von der Polizei verboten worden. Keine Angst, sie wird gleich beginnen. Miß Elvira ist soeben in ihrer Garderobe und zieht jetzt das an, was sie in einigen Minuten vor Ihnen ausziehen wird. Jawoll, ausziehen! Bis auf die letzte Hülle! Meine Damen und Herren, Sie werden mir zu Ende der Vorstellung recht geben: Eine Venus hat sich ausgezogen! Wer naa sogt, den is aa net z' helfen ... Und nun will ich Ihner bis dahin einstweilen ein paar Kunststücke vorführen, wie Sie sie noch nie in Ihren Leben gesehen haben. Hier in meiner Hand, was erblikken Sie hier? Jawoll, ein Kuwert ist es, was ich in meiner Hand halt ..."

Ein Lautsprecher spielt den Tiger-Rag, die Zauberkunststückeln werden immer toller. Die Humoristen unter den Zuschauern biegen sich vor guter Laune, die Melancholiker jedoch fühlen sich um drei Schilling geprellt und machen ihrem Unmut hörbar Luft.

Bevor aber ein Unzufriedener dem Zaubermeister an die Gurgel fährt, ertönt ein Gong, und ein kreuzbraves Mädchen aus Oberteufelstetten betritt in einem geblumten Schlafrock, der verdächtig an den Bühnenvorhang erinnert, den Raum. Der Kenner weiß, was nun kommt. Er langt nach seinem Geldbörsel und sucht peinlich berührt nach Zehnerln, um diese auf den Sammelteller zu legen, den die besagte Schönheit aus Unterengelstetten durch die Reihen schleift.

Abermaliger Gongschlag. Man kommt sich vor wie bei den Chinesern. Der Vorhang schleppt sich wieder auf. Der Lautsprecher schmilzt fast von den Klängen des „Parlez-Moi d'Amour". Hervor tritt die Schönheit von Oberunter ... weiß der Teufel, von was für einer Gstetten sie daherkommt. Das Licht auf dem Podium wird mit einemmal matter ...

„Betrug!! Jetzt drahns es Liacht oo, daß ma nix sicht!"

Das Licht wird von einer ängstlichen Zauberhand wieder heller gedreht, und sie zieht sich aus, wie man sich eben auszieht, wenn man in der heißen Kabine eines Tröpferlbades steht. Leichte Jausenrülpser begleiten diesen Akt der Schönheit. Gleich darauf steht sie auch da, aber das schwarze Höschen will nicht fallen. Das Publikum ist sichtlich vergrämt. Sie verbeugt sich mit der Grazie einer Burenwurst, und die Show hat ihr Ende, wie eben alles sein Ende haben muß. Früher oder später.

So ist es mit den zwei Gesichtern des Praters. Bei dem einen muß man die Augen aufmachen, daß man es sieht, beim anderen aber ist's besser, man macht sie zu, daß man das Gfrieß nicht sieht und denkt sich: „I wüü nix gsehng ham!"

Nußbeugeln und Melangen

Das schönste Stadtcafé von altem Schrot und Korn oder, besser gesagt, von frischem Nußbeugel und duftender Melange ist und bleibt für mich das Café Hawelka in der Dorotheergasse. Dort, eingebettet zwischen Casanova und einem lieben, alten Wirtshaus, scheint mir all das erhalten geblieben zu sein, was wir Jungen eigentlich nur mehr aus Büchern, Zeitungen oder den Erzählungen älterer Jahrgänge kennen: das Künstler- und Literatencafé ...

Im Hawerl, wie wir es kurz nennen, sind wahrhaftig die letzten sechs Jahrzehnte ohne die geringste Spur vorübergegangen; bis auf die Espressomaschine ist alles beim alten geblieben. Die tapezierten Wände, die roten Plüschbänke, die nippfigurenbewachten Spiegel, die Marmortischerln, ja sogar ein bedeutender Teil der Gäste paßten eher in die Zeit vor dem Ersten Weltkrieg, als in unsere gehetzte, mond- und raketennarrische.

Hier im Hawelka begrüßt der Chef des Hauses seine Stammkunden noch mit Handschlag, herrscht der Ober, Herr Fritz, souverän wie ein britischer Oberst, über sein Revier, schwirren auf vernickelten Tabletts die Wassergläser wie kristallene Vögel durch den bleiblauen Zigarettenrauch, werden lautlos erbitterte Schachpartien ausgefochten, Kritiken, wenn nicht anders, so auf Briefpapier verfaßt, der Graphiker Moldovan, elegant wie immer, begrüßt mit der gleichen Liebenswürdigkeit hübsche und weniger hübsche Mädchen, Ernst Fuchs, der Dürer der modernen Malerei, bestellt prophetenbärtig sein „Ei im Glas“ und spricht wohlgesetzte Worte aus Goldplättchen und schimmerndem Firnis, junge Schauspieler und -rinnen spielen bis zur Zweiuhrsperre Canasta, weil sie kein Tarock beherrschen, Dichter, Maler,

Bildhauer und Musiker bilden manchmal wahre Bienenschwärme um einen einzigen Tisch, der geplagte Ober kann kaum durch den Sesselwald, und die Luft ist erfüllt von den Wohllauten philosophischer Kampfrufe, wie vom Duft der Austria 3, der in zahllosen Rauchringen nach dem Stuckhimmel entschwebt.

Wenn man das Café Hawelka betritt, muß man an der frequentiertesten Telephonzelle Wiens vorüber. Sie ist fast immer besetzt, läutet ansonst fortwährend, und Herr und Frau Hawelka haben nicht wenig Mühe mit dem vielen Abheben und „Herr Sowieso wird verlangt"-Rufen. Neben dem Telephon hängen Plakate fast aller Kunstvernissagen und Jazzkonzerte, teils gedruckt, teils handgemalt, und man wird immer am laufenden gehalten.

Ich glaube überhaupt, daß, wenn wir den Hawelka nicht hätten, vieles ungetan, ungesprochen bleiben oder von Grund aus gar nicht erdacht werden würde. Man braucht sein Zentrum, und das ist eben für uns wie für unsre Vorfahren das Kaffeehaus, das, obgleich oft totgesagt, wie eh und je floriert. Ja, was wurde nicht schon alles über das aussterbende Wiener Café geredet und geschrieben. Das Espresso hätte ihm das „Gasgeld" gegeben, hieß es anfangs, und so dachten wir wohl auch alle. Jetzt ist's aus, die Leut' wollen eben das Fortschrittliche, das Moderne, mia san jo net hintan Mond! Und ehrlich zugegeben: Hatten wir nicht schon wirklich ein wenig genug vom ungelüfteten Plüsch der Vergangenheit, von den losen Stahlspiralen der zersessenen Sitzbänke, die immer im ungeeigneten Moment eine gewisse Stelle unserer Beinkleider durchbohrten? Sicher waren wir alle ein wenig kaffeehausmüde und begrüßten die ersten Espressi à la italiano wie die Morgenröte einer schöneren, besseren Welt ...

IRONIMUS

Das war so um 1950. Und heute? Heute, im 275. Jubiläumsjahr, trauern wir dafür schon wieder um so manches liebe alte Tschocherl, das inzwischen auf immer verschwunden ist. Aber haben wir denn auch wirklich Grund zu trauern? Sind sie wirklich auch alle verschwunden und durch mondäne Chromnickelglasneonveranden ersetzt worden, darin man stehenden Fußes und gehetzt seinen Maschinenmokka halbfliegend ausbuxt, um weiterzueilen?

Es wäre nicht Wien, wenn nicht aus dem, was noch kein Kaffeehaus ist, eines würde! Die Lebenskraft unseres alten Wiener Kaffeehauses war zu stark. Fast alle Espressi, von der inneren Stadt heraus bis in die Peripherie, was sind sie denn, als etwas modernisierte „Cafés" und urgemütliche Tschocherln, in denen man bei einem kleinen Braunen stundenlang plaudert, tarockiert oder preferanct, den Ober oder die Serviererin höflich mit Herr Josef oder Fräulein Ria tituliert, in denen man sich genau so benimmt und genau so genommen wird, wie seinerzeit im guten alten Café. Von Gehetzt- oder Gespreiztheit also keine Spur. Und das, sage ich mir, ist im Jahre 275 nach der Erfindung des seligen Kolschitzky ein recht respektables Zeichen der Zeit. Das Café ist tot, es lebe das Café! Ich gehe jetzt, nachdem ich das niedergeschrieben habe, um die Ecke ins „Breitensee" und trinke einen Schwarzen mit Slibowitz!

Die Oase in der Opernpassage

„Bitt schön, kennan Se vielleicht an Studenten, der was Mohammed haßt?“ Die Sprecherin war ein junges, etwas ländlich aussehendes Mädchen und las den romantischen Namen stockend von einem verwutzelten Zetterl ab.

„I am sorry. I nix understand deitsch“, erwiderte der angesprochene Herr. Nonchalant über den rassigen Topasring hauchend, den er am kleinen Finger seiner Linken trug, stand er, einem Storch nicht unähnlich, an einer Säule der Opernpassage.

Das Mädchen versuchte ihr bestes Lächeln aufzusetzen. „Blies“, sagte sie, „blies, du ju nau e student, his nem is Mohammed?“

Ihre Freundin ging einige Schritte entfernt sichtlich verlegen auf und ab.

Der Storch an der Säule gähnte leicht und ließ seinen Blick nach der gläsernen Mokkarotunde schweifen, als ob es da heute was ganz Besonderes zu sehen gäbe.

„There are many Mohammeds at the University“, sagte er in gutturalem Englisch. „I don't know the one you mean. He is not my friend anyway ...“

„Aber Sie müssen ihn doch kennen“, sagte das Mädchen sichtlich verwirrt, „er ist doch auch ein Ägypter!“

Sie vergaß in der Aufregung, daß der angesprochene Herr nur Englisch verstand.

„Ich bin kein Ägypter“, sagte dieser in halbwegs anständigem Deutsch, „und wenn ich bin, wie kann ich kennen jede Mohammed. Kennen Sie alle Anni in Wien?“

Damit drehte er sich um und ging langsam auf die Gruppe dicker Khalifen zu, die an der nächsten Säule leise, aber heftig debattierte ...

Das Mädchen ging zu ihrer Freundin.

„Was hat er denn gesagt?" war das erste Wort der Wartenden. „Kennt er eahm?"

„Klar kennt er eahm! I habs ja früher immer miteinander gsehn. Er verleignt eahm nua, dea Tschusch. Du, Lydia, i glaub, dei Mohammed is dar in d Blia gangen!"

Über die Rolltreppe kam lächelnd, raubtiergebissig und mit großen äthiopischen Kulleraugen voller Melancholie ein hellgekleideter junger Mann. Lebhaft winkte er den beiden Mädchen zu. „Servus, Jussuf!" riefen die beiden armen Verlassenen freudig ...

Die Opernpassage, im Volksmund gerne als Jonaschgrottn bezeichnet, ist ein wahrhafter Walfischbauch. Alles, was uns aus dem tiefen Süden via Mittelmeer erreicht, wird hier aufgeschluckt. Vielleicht ist es die Ähnlichkeit mit den heimatlichen Basaren, in denen man, vor Regen und Sonne geschützt, die Zeit mit dem Hammer der gepflegten Unterhaltung totschlagen kann. Was steht da nicht alles in den Nischen, Säulen, vor der Buchhandlung, in den Wasch- und Nebenräumen, was sitzt da nicht alles, und vor allem im Espresso. Kaum daß ein Plätzchen frei ist von der sarazenischen Besetzung, trifft ein andres Kontingent ein. Zu zweit, zu dritt, zu viert oder einzelgängerisch treten sie auf. Selbstbewußt, gelassen, kühl bis heiter, jeder Zoll ein Khalif ...

„Und mein Fuad sei Vata hat bei Kairo in der Näh zwanzg Dörfer. Die ghörn alle einmal ihm, wann der Alte stirbt, hat er gesagt. Stell dir vor, wann mir heiraten, hab i zwanzg Dörfer mitsamt den Burgermaster ..."

„Geh, geh, geh, des is doch allers nur a Lawendlschmäh, was die dir derzähln. I glaub eahm ka Wort. Hauptsach is, daß er brennt, der Murl, um was anders scher i mi net ...!"

So verschieden sind halt die Ambitionen heutzutag. Die einen wollen einen jungen, reichen Paschah, *nur mit einer Frau*, versteht sich, die sind ja auch schon zivilisiert! Den anderen geht's wieder nur um den Kren. Na ja, die letzteren fahren da meistens schon besser.

Vorige Woche war ich mit meinem Freund Egon unten. Wir wollten auch ein bisserl orientalisch sein, das heißt, wir wollten einen kleinen Braunen zu uns nehmen. Mit Müh und Not fanden wir ein freies Tischerl, von dem wir die Situation gut übersehen konnten. Neben uns saß eine angeregte Gesellschaft Marokkaner mit ihren einheimischen Begleiterinnen. Blicke richteten sich auf uns. Plötzlich merkten wir, daß wir eingeschlossen waren. Eingeschlossen wie zwei verkleidete Kreuzfahrer seinerzeit in der Veste Akkon. Unser Tisch war mit einmal eine schüchterne Insel des Abendlandes geworden.

„Fräulein", rief ich, „bitte schnell zwei ungläubige, aber trotzdem doppelte Slibowitz!"

Er tat uns gut, und unser Mut hob sich wieder wie ein entfliehender Luftballon im Prater. Aber leider, ich bin doch nicht aus Tetuan, sondern nur aus Breitensee. Und Arabisch versteh' ich grad soviel, als ich eben beim Karl May aufgeschnappt habe.

Kein Wunder, daß mich der Walfisch kurz darauf ausspie und mich eine brandende Woge an die plüschenen Gestade des alten Café Hawelka, und somit wieder nach Europa, spülte.

Rum und Ehre

Frau Marous steht wie eine schöne, 60jährige, kupfergesichtige Sonne vor den Wunderregalen. Hinter ihr schillert es in allen Farben eines gewaltigen Rausches, in den Farben einer Edelsteinsammlung der Affen, Schwammer, Fetzen und Schweigeln. Fichtennadelgrün, waschblaublau, griotterot, kaiserbirngelb, sliwowitzblond verwirrt es einen, wenn man in das kühle, schattige Teehaus seinen Fuß wirft. In znaimerisch großen Gurkengläsern lauert der Angesetzte, Nußstückerln und Tannensprößlinge schwimmen wie sommerfaule Fische an einem heißen Augusttag, der im Aquarium der Frau Tant seine Mittagspause hält. Auf der Budel stehen griffbereit der wohlfeile Korn und eisklarer Kümmel, nicht weitab davon träumt eine Flasche Kranawettenschnaps, den einfachere Menschen gewöhnlich Gin titulieren ...

Wie ich noch in die Schule ging, dachte ich eine Zeitlang, unsere Branntweinerin hätte einen französischen Namen.

Franciska Marous
SPIRITUOSEN

konnte man auf dem von Meister Pschera gemalten Geschäftsschild lesen. Heute, nach vielen Jahren, ist mir allerdings klargeworden, daß der Name eigentlich doch kein französischer ist, sondern nur des ehrlichen kleinen Hakerls entbehrt, das er über dem S haben sollte. Auch heißt es nicht mehr „Spirituosen“, sondern schlicht und einfach:

TEE- UND LIKÖRSTUBE

Innen ist jedoch Gott sei Dank alles beim alten geblieben, und schon knapp nach der ersten Straßenbahn kann man die Stammgäste, meist anrainende Pfründner, schläfrige Nachtwächter und zu früh zur Arbeit Gekommene an den Tischen und Bänken sitzend oder stehend am Busen der Budel sehen.

Wenn eine Straße aufgerissen wird, leben die Leute davon. So schafft man Lebensbedingungen. Als ich nun vorgestern in unsere Tee- und Likörstube komme, um einen doppelten Korn für meinen rauhen Hals zu erstehen, ist der tiefe Graben vor der Eingangstür wie durch Zauberhand verschwunden. Wochenlang war er dort, nicht wenige sollen, vom heißen Tee beflügelt, hineingefallen sein. Heute aber ist er fort und ganz vorschriftsmäßig mit neuem Asphalt versiegelt, als wäre er ein Abschiedsbrief.

Die Leute vom Tiefbau! Ich beneide sie immer im stillen. Ein einziger Bauchaufschwung, zwei oder drei knappe Schritte, und schon waren sie mittendrin unter den seit alters inländerrumbraunen Tischen und Sitzen!

Der Herr Polier hatte hier, versteht sich, sein Hauptquartier aufgeschlagen gehabt, von hier aus gab er seine wichtigen Direktiven, von hier aus verteilte er, einem Hausvater gleich, Lob und Tadel in gerechter Weise. Immer nach dem fünften Achterl Negus erschien er, vom Strahlenkranz der Sonne umleuchtet, auf der Schwelle und rief seinen Mitarbeitern fröhlich zu:

„Kumts eina, meine Herrn, heit schreim mar an Regndog; es seids meine Gäst!“

Da ich nun heute um meinen Korn kam, war der Polier und mit ihm alle Fröhlichkeit verschwunden. Die Branntweinerei der Frau Marous war fast leer. Nur am Fensterplatz neben der Coca-Cola-Reklame saß Herr Doleschal von vis-à-vis.

MAROUS
Ironimus

Die alte Marous sprach auf ihn heftig ein. Sie schien, ihrer Gewohnheit zuwider, sehr aufgebracht zu sein; ihr Gesicht war noch röter als all die Jahre vorher.

„I sog Inas, Herr Doleschäu, mia kumt kana mear eine von de Leit. Zwahundat Schüleng hod eana Bolier Schuidn bei mia. Und jetzta butzt a se oo, und weg is a! Aum Freidog zol i, hod a gsogt, dea Floobeidl. No, und heit haum ma Midwoch. Aussegschmissn haums eahm aus da Firma, haum ma seine Leit gsogt. Wäul a z vüü gsoffn hod ... Und wiar i gsogt hob, daß zoen soin, haum s gmand, da Bolier hod uns jo eiglond bein letztn Regndog! No seng S, wo sol i jetzt mei Göd hergriang?"

„Ja, ja", sagte der Herr Doleschal von vis-à-vis, „waun anar amoe zum Sauffn aufangt, daun is da Karakta tschäuli. Gem S ma no a Sechzentl, Frau Marosch!"

Hinter Frau Marous' breitem Rücken schimmern die wartenden Spirituosen bunt und freundlich, in den Ansetzgläsern haben sich einige Sonnenstrahlen gefangen und reflektieren, die frisch gewaschenen Stamperln stehen auf der Budel wie ausgerichtete Soldaten und reflektieren auch. Aber auf den nächsten Gast. Da ist er schon! Der Fetzenbanermann, der immer mittwochs durch unsere Gasse geht.

„Griß Inen, Frau Marous, gem S me Schtamperl Liptauer!"

Seit heute weiß ich, daß bei unserem Fetzenbanermann Liptauer gleich Rum ist.

„De Leit haum kaa Moräu mea", sagt Frau Marous traurig zu Herrn Doleschal, „klaa faungan s au, schnoetzn aunschdendige Gscheftsfrauna, no, und wia's daun weidaduan, des kenen S jo Dog fia Dog in da Zeidung vafoign."

„Lauta Gfraßta", meint der Herr Doleschal von vis-à-vis verächtlich. „Ana wia dar aundare! Owa jetzt gem

S ma no schnöö an dopötn Schligawitz. Schreim S ma's dawäu auf, ich zoe's um viere ..."

Wo die Geige klingt ...

Der Turm der Breitenfelderkirche wirft ein metallenes Vierteleins in seine nächste Umgebung. Die Straßen sind menschenleer. Am Gürtel, der durch seinen Durchgangsverkehr noch nicht so gänzlich abgestorben ist, wird bereits von Autofahrern die Höchstgeschwindigkeit erstrebt, in den Stadtbahnbögen üben Stimmen Käuzchenrufe, bei der Stadtbahnhaltestelle Josefstädterstraße macht der letzte 118er-Wagen seine Schleife. Ein Tag ist scheinbar vergangen. Man schläft bereits oder tummelt sich jedenfalls, um so schnell wie möglich nach Hause zu kommen ...

Aber halt! Was ist das? Musik! Klänge zauberhaft schöner Melodien, Lachen, Frohsinn ... Eine Tür ist aufgestoßen worden, einen Augenblick nur, aber lange genug, um den ewigen, nicht endenwollenden Rhythmus unserer Stadt an das Ohr des Passanten dringen zu lassen. Wie spät ist's denn eigentlich? Was, erst vierteleins? Dann hinein ins Vergnügen!

„Im Prater blühn wieder die Bäume" schluchzt Herrn Leopolds Violine durch Weindunst, Zigarettenrauch und Mokkageruch, aber die frühlingshafte Vision ist dennoch nur halb, wenn man die Blüten ringsum genauer besieht, und es ist beim besten Augenzudrükken keine darunter zu finden, die noch nicht ein kleiner Wurm angeknabbert hätt'. Zwar trällern alle den ihnen schwach in Erinnerung haftengebliebenen Text mit, schlagen die Augen seelenvoll oder sonstwie auf und nieder, aber, wie schon gesagt, der kleine Wurm hat überall an den Blüten und Blumen seine Schuldigkeit getan, so daß man beim besten Willen nimmer an den Prater mit seiner Maienpracht zu denken vermag. An die alte Grottenbahn vielleicht, an die Geisterbahn sogar noch eher ... „Drunt in der Lobau“ schwärmt erinnerungsvoll Herrn Leopolds Violine. Herr Leopold oder Leo, wie er der Kürze wegen gerufen wird, ist Stehgeiger im Café Achterhof (Vieruhrsperre!) und kommt jeden Tag um Punkt 10 Uhr mit der Stadtbahn von Döbling herunter.

Er ist etwas über fünfzig, trägt einen Smoking aus dem ersten Viertel dieses Jahrhunderts, prachtvoll glänzende, weite Hosen und ein schwarzes Kellnermascherl, das aber schon bessere Zeiten gesehen hat. Seinerzeit, so erzählt er in den Pausen, wenn man ihn darum fragt, mit wehmütigem Stolz, sei er erster Geiger in Bad Tatzmannsdorf gewesen. Ja, das war’n noch Zeiten. Aber heute, da alles auf mechanische Musik aus sei, müsse man in den sauren Apfel beißen.

Dabei sieht er nach der Ecke hinüber, wo gerade eine leicht überwuzelte „Dame“ unter den Tisch kriecht, weil ihr das Ohrringerl verlorengegangen ist. Was bleibt ihr auch schon über? Es gibt keine Kavaliere mehr, und so fischt sie halt mit gespreizten Fingern nach dem entwichenen Kleinod. Dabei geht vor unseren Augen ein Crêpe-de-Chine-Mond unterhalb des Kaffeehaustischerls auf, wabbelt hin und her und setzt sich schließlich wieder mit der gefundenen Ohrwaschelzier in den verrauchten Plüsch der Sitzecke. Der Mond ist wieder untergegangen, und Herr Leo wechselt mit seinem Freund Wewerka, der am Piano die weißen und schwarzen Tasten zärtlich bedient, einen eingeübten Blick ...

„Ich wünsch’ mir, die Welt wär’ ein Blumenstrauß ...“ erklingt es voll aus Leos Saiten. Wewerka wählt aus seinem wohltemperierten Piano die subtilsten Klimpertasten, und der Ober bringt für die Musik eine Flasche falschen Gumpolds, etikettiert, versiegelt und sauer. Ein

edler Spender! Herr Leo richtet seine gelblichweiße Hemdbrust zurecht und durchschreitet wie ein Zigeunerprimas den Raum ...

„Darf ich für die Herrschaften etwas Besonderes spielen? Ein besonderer Wunsch, die Herrschaften, die Dame vielleicht einen besonderen Wunsch?"

„Kornblumenblau." Na, schön und gut, das ist zwar kein Wiener Lied, aber Noten hat's auch. Und die beherrscht Herr Leopold in Wort und Schrift ...

Herr Leo wird für seine Musendienste bezahlt und mit saurem Wein beehrt. Ob ihm der ganze Käs' gefällt oder nicht, darum fragt ihn ja keiner. Und vielleicht gefällt er ihm wirklich? Man gewöhnt sich ja schließlich an alles, wie der Hund an die Schläg'.

... Die Zeit heilt alle Wunden, und vielleicht wird auch Herr Leopold irgend einmal vergessen, daß er seinerzeit erster Geiger in Bad Tatzmannsdorf war.

Frau Pischinger und die Landluft

Insel der Besinnung, immergrün wie ein Tannenbaum im Lied und allerletzte Rettung im tausendäugigen Gewühl der Großstadt, Endziel verhaltener Seufzer, aber ab acht Uhr abends ohne Gnad' und Barmherzigkeit gesperrt, das sind unsere viktorianischen Knusperhäuschen, die weltberühmten blechernen Etablissements Wiens. Und in einem jener ungezählten Anstandsörter übt Frau Aloisia Pischinger geb. Blasl als Direktrice ihren verantwortungsvollen Posten aus. Seit fast dreißig Jahren steht die ehrliche alte Dame nun im Dienst. Unerschütterlich, korrekt, unumschränkt befehlsgewaltig und mit einem natürlichen Sinn für alles menschlich Fehlbare.

„Frau Pischinger", hub mein Freund Picasso im Ton eines Volkstribunen an und brachte seinen neuen amerikanischen Tarnzeichenstift in Bereitstellung, „warum sperren Sie denn grad um die Zeit schon zu, wo die meisten Leut erst Zeit kriegen, Ihr Lokal mit Muße aufzusuchen? Schaun S', wann Sie bis Mitternacht offen hätten, ich bin überzeugt, Sie würden Ihre Einnahmen verdreifachen ..."

Er schob unauffällig wie ein Kieberer die blütenweiße Manschette seines Noniron-Hemdes aus dem Rockärmel, um darauf Frau Pischinger nach der Natur zu porträtieren, denn sie durfte auf keinen Fall was übernasern, die Gute.

„Ja, glaum S' denn, Hea Dokta, i mecht goa kaa Freizeit? Mia san do in an demogratischen Schdod, und waun de Leid zu mia r einawoin, miassn sa se's hoed eidäun! Es is olas nua de Mocht da Gewonheid ..."

An der Wand hing ein ausgesticktes Deckerl:

Nett und rein muß das Stockerl sein!

Am Stockerl stand ein Spirituskocher, und darauf brutzelten ganz appetitlich Rindsnierndeln. Es war alles blitzsauber hier. Zwar lag genug kaltes Karbol in der Luft, allein, die Rindsnierndeln übersetzten die Sprache des Karbols wiederum in heimische. Der listenreiche Picasso wollte eben wieder eine Frage an Frau Aloisia stellen, als es plötzlich scharf wie in einer altväterlichen Milchhandlung schellte ... Twang, twang ...

„Tschuidign S', Hea Dokta, a Kundschoft!"

Wie eine königliche Leibwache versperrte Frau Pischinger geb. Blasl dem eintretenden Gentleman den Weg ins Elysium. Ein Ausländer aus Hindustan ...

„Tag, da Hea! 85 Groschen in vuaraus, bittschen ..."

Der gequält blickende Herr drückte, das Wechselgeld vergessend, Frau Aloisia einen Fünfer in die Hand, drängte stumm verzweifelt an ihr vorbei und wollte in einer der weißgekachelten Kabinen verschwinden.

„Haltaus", entfuhr es entrüstet Frau Pischinger, „das is des Damenapteil. Da, visavii, gehörn S' eine!"

Meister Picasso veränderte mit dem unsichtbaren Zeichenstift ein besonderes Detail, eine Nuance Barschheit, die den Mund umblitzt ...

„Wos how i Ina gsogt, Hea Dokta? Gnädich haum's de Maunsbüda. Ohne z'frogn ins foesche Opdäu, kan Schenira, fost diarekt opsichtlich dan's maunche!"

„Sagn S' gnä Frau", mischte ich mich jetzt ein, „halten Sie's denn daherin überhaupt aus? Keine Sonn, kein Himmel, keine frische Luft. Wie in einem Bergwerk kommt mir da alles vor ... Was sagt denn Ihner Hausarzt eigentlich dazu?"

„Seng S'", sagte Frau Pischinger, „grad mein Hausarzt hat mi da herbracht ..."

„Aber gengan S', gnä Frau, wieso das?"

Der menschliche Picasso legte Frau Pischinger einen rührenden Zug unters linke Auge. „I hob früa z' vüü graukt wia r i no Junga woa. No, und do hod ma domoes da Dokta Perl den Rot gem, i soit Laundluft einnehma, mei Lüngerl hoetat's sonst ned aus. Wissn S', zu de Gscheadn how i oes Uaweanerin ned woin, und so how i hoet de Schdö doda audredn. Wie S' seng, hod's ma guad dau. I kuntat mi ned beglogn, bis auf de Leit natialich, de wos ni a Eindäulung haum. Und mei Beischl is gsund ..."

Der listige Picasso ließ, um bei Frau Pischinger nicht in Verdacht zu geraten, seine fertige Zeichnung hurtig im Ärmel verschwinden, denn hätt' sie gewußt, daß sie umsonst Modell gestanden, so würde es wohl mehr gekostet haben als 85 Groschen & 15 Groschen obligatem Schmattes!

„Auf Widaschaun, de Hean", rief Frau Aloisia Pischinger geb. Blasl, da wir ihr nettes, stilles Häuslein verließen, „kommen S' bald wida, aber teiln S' Iner's ein! Se san doch gebüdete Mentschn, da kamma sich schon zammnema, wamma will ..."

Ein lauer Wind trägt aus dem Volksgarten die Düfte verblühter Rosen herüber; aber Rauch und Benzindampf vernebeln Pallas Athenen. Landluft! Jawohl, Landluft ist es, was wir zu unsrer Regeneration bräuchten. Nicht nur Frau Aloisia Pischinger, geb. Blasl, obgleich sie ihr von Herzen vergönnt sei ...

Ein Doppelleben

Herr Alois Schaffranek ist ein äußerst begabter Schreiber von Liebesbriefen. Mit den ersten Strahlen der aufgehenden Sonne erhebt er sich von seinem Bettsofa, schreibt eine verliebte Epistel oder auch zwei, rasiert sich mit dem Philishave, dann erst trinkt er sein gewohntes Häferl Milchkaffee, das ihm seine Zimmerfrau in sein Kabinett bringt ... „Guten Morgen, Herr Alois, fleißig, fleißig schon in aller Herrgottsfrüh? Wohl schon einige Geschäftsbriefe fertiggeschrieben. Ja, ja, die Geschäftsleut, immer schreiben, immer schreiben! In aller Ewigkeit werden Sie mit der ganzen Schreiberei nimmer fertig werden. Viel Papier geht da auf, nicht wahr, Herr Alois?"

„Ja, liebe Frau Schröckenwald", pflegt der Herr Alois stets mit diplomatischer Sicherheit zu sagen, „eine Masse Papier geht schon auf bei meinem Geschäft. Schönen Dank für meinen Kaffee, Frau Schröckenwald, und jetzt heißt's gleich wieder weiterz'schreiben, da gibts kein Pardon, kein Pardon, kein Pardon ..."

„Pardon, ich will nicht stören!" sagt ihrerseits Frau Schröckenwald und zieht sich zurück, wie sie es schon seit fünfzehn Jahren jeden Tag tut. Herr Alois jedoch setzt sich stante pede wieder auf sein grünes Plüschsofa, rückt den Sessel mit der alten Schreibmaschine näher und beginnt noch während des Milchkaffees mit dem dritten Liebesbrief:

Meine Rose aus chinesischer Seide, mein schwarzer Mond aus hervorragend gutem Samt, meine liebliche Knospe aus veilchenfarbenem Taft, meine schlanke, herzdurchdringende Nadel, mein perlmutterner Goldknopf, mein unschätzbarer Zwirn usw. usw.

Dieser Brief, wie man leicht entnehmen kann, richtet sich an Fräulein Rosine Tramweier, die aber, ihrem seltenen Namen zuwider, in einer Schneiderei am Neubau arbeitet. Herr Alois kennt alle die von ihm postalisch beehrten Mädchen nur dem Bild nach. Sein Trick ist nämlich, Heiratsannoncen aufzugeben und Bildzuschriften zu verlangen. Die Antworten läßt er alle nach Krems postlagernd schicken, holt sie wöchentlich, meist montags, ab, versteckt die Bilder unter einem Buttenzwerg, der vor dem Frisiertisch steht, und erzählt schon seit Jahren der gutgläubigen Frau Schröckenwald, er sei ein Geschäftsmann, der mit Autopneus und gebrauchten Boschhörnern handle!

Das also ist Herrn Alois' Geheimnis, seine vor allen Menschen verborgene Teufelei!!

Nun aber hat Herr Alois Schaffranek bislang kein einziges Heiratslustigenphoto ehrenwörtlich retourniert. Versichert hat er es, das tut er nur so leichthin, der Unhold. In Wahrheit jedoch liegen unter dem besagten Buttenzwerg beim Frisiertisch sage und schreibe 895 Stück Photographien verschiedener Größe und Qualität. So was sollte man doch nicht für möglich halten.

Dieser Schaffranek, der sich als solider Geschäftsmann vor aller Welt ausgibt, ist nichts anderes als ein ruchloser Bigamist im Geiste. Zwar schreibt er an alle 895 Mädchen, Frauen und Witwen jede Woche einen passenden und gewiß auch schönen Liebesbrief, aber das ist im Grunde genommen doch nichts anderes denn eine getarnte Augenwischerei!

Ich frage Sie, Herr Alois Schaffranek, haben Sie gar kein Herz im Leibe? Ein Mann wie Sie sollte sich schämen, so vielen Frauen eitle Hoffnungen zu machen, ihre Photos nicht, wie versprochen, ehrenwörtlich zu retournieren, die Zimmerfrau, die doch seit fünfzehn Jahren

getreulich den Morgenkaffee vors Sofa bringt, infam zu belügen, und überdies die vielen, vielen Antlitze unter die staubige Schreibtruhe, ja selbst unter den faunischen Tritt eines Buttenzwerges zu schieben! Lassen Sie das fahren, Herr Alois Schaffranek, gedenken Sie der rächenden Gerechtigkeit! Der Alois geht so lang um Photos, bis er zehntausend Briefe in der Woche schreibt ... Die Finger werden Ihnen abfallen ...

Wenn Frau Schröckenwalds blecherne Küchenuhr mittags zwölf blecherne Töne von sich gibt, hat Herr Alois bereits den 102ten Brief hinter sich. Frau Schröckenwald klopft diskret an die Kabinettür ...

„Herein, herein, was gibt's denn heute Gutes, Frau Zimmerfrau?"

„Ich hab' Ihner Grammelknödel gemacht, Herr Alois, mit einem aufgewärmten Kraut von gestern, weil S' das so gern mögen, Herr Alois."

„Sehr fein, sehr fein, Frau Schröckenwald, stellen Sie's nur einstweilen auf den Frisiertisch hinüber. Ich muß noch diesen Brief da nach Linz an der Donau fertigschreiben. Ein frischer Posten alter Boschhörner ..."

Frau Schröckenwald aber, von Herrn Alois' Unholdereien keine Ahnung habend, streicht zufrieden über ihre adrette Schürze und sagt:

„Soviel Papier, Herr Alois, soviel Papier! Ja, ja, die Geschäftsleut, immer fleißig, immer fleißig von früh bis spät. In aller Ewigkeit werden S' mit der vielen Schreiberei nimmer fertig werden ..."

Ach, wie soll das noch einmal enden, wann schließlich doch die Polizei dahinterkommt, Herr Alois Schaffranek!

„Fredi, jetzt schaust aber dazua, daß d' einikumst und dei Jausn ißt!" Eine Schar Kinder tollt schreiend und kreischend, als wären sie am Gänsehäufel, über eine schöne, duftende Wiese voller Brennessel und Schafgarben. Aus dem ersten Stock einer ziegelsteinernen Zinsburg ruft eine jüngere Frau ihren Fredi zur Jause. Aber der gute Fredi würde nicht einmal die Detonation eines Raketenabschusses hören, wenn wir im Gelände der Wienerberger Ziegelwerke eine Basis hätten.

Die Fredi-Mama ist noch nicht alt, ihr Haar trägt sie der Mode entsprechend Kim-Nowak-blond, sieht etwa aus wie ein dreißig Jahre gewordener Teenager, zieht mit dem milden Sommernachmittag zufrieden an einer Austria C und verschwindet wieder gelassen, weil der Fredi eben nicht gehört hat ...

Um die Ecke herum steht eine ehemals grün gestrichene Bank an der Ziegelmauer. Drei schneidig blikkende Pfründner sitzen darauf. Ihre in blauen Arbeitshosen steckenden Beine halten sie weit in den Nachmittag gestreckt, rauchen ihre Dreier und feiern den schönen, warmen Tag auf ihre Art. Ein vierter mit massigem Bauch geht auf und ab. Er knurrt über irgend etwas, womit er nicht so recht zufrieden scheint.

Die Sonne wirft sich prall an die roten Mauern; man hat unwillkürlich den Eindruck, an einem besonders warmen Tag mit dem Fallschirm im Londoner Eastend gelandet zu sein. Aber gegen Laxenburg dehnt sich die weite Ebene in frischgrünen Feldern, nicht die Nordsee ... Die Luft ist unwahrscheinlich angenehm. Die Kinder spüren es unterbewußt am stärksten und singen deshalb ihre neuesten Errungenschaften aus „Vergnügt um elf", und der ehrliche Veteran mit dem Freistilbauch schreitet sich seinen Groll ab. In abgehackten Sätzen versucht er, seinen sitzenden Freunden den Grund seines Unmutes klarzumachen.

„Dreizehn Jahr bins ichs jetzt schon in Pension, und was hab ichs davon? An Schmarrn. Am Erschtn kommt Geld, und a Wochn schbäta is beim Teufl ... To je zazrany škandal, meine Herrna! Raukn tu ichs nix, seit zehn Jahrn hab ichs mir kan neie Hosn kauft. Trinkn ... no ja ... aber sonst? Was ich, wos geht hin den Geld?!"

„Schau, Nowak", meint einer der Sitzenden nicht ohne Philosophie, „glaubst, daß d' ned schderm muaßt, wauns d' nix raukst? 's is no kana driwa wegkuma, ob a jetzt graukt hod oda ned ... I sauf wieder rein goa nix. Owa glaubst, daß deßhoeb mei Reimatischs bessa wuadat? Ned ums Vareckn!"

Der Bauch blickt wie ein Mehlsack zu den dreien auf der Bank nieder.

„Na jo", murmelt er mißmutig, „schderm mißme alle. Aber Schkandal is trotzdem ..."

Ein etwa elfjähriges Mädchen, zart und hulabereift, kommt in die Altherrensitzung. Sie tut wie eine Große, trägt einen dichten, blonden Pferdeschwanz durch den lauen Zephir, der vom Mödlinger Horizont herüberweht, und setzt sich kokett zu dem krawutischen Urfavoritner.

„Opa, kaun i vier Schilling sechzk haum?"

„No, da schaust her! Von was red ichs den ganzn Zeit? An Schilling um den andern ...!"

Die anderen drei nicken beifällig und tun, als gäben sie ihm recht. Dabei aber verbeißen sie das Lachen. Der Dicke fühlt seine Angaben bestätigt.

„Schau her", sagt der enragierte Raucher von vorhin, „sie is do dein anzegs Enkerl, die Sylvi. Reib ihr an Fümferschmee, und du host dei Rua fia heite!"

„Allerwal des blede Kino! Werds noch ganz teppert davon ...“

Der Opa greift hörbar seufzend nach seinem abgegriffenen Geldbörsel, und die Sylvi ist auch schon auf und davon. „Dankeee ...“ Weiter unten aber, nah der frisch gezähmten Liesing, zwischen Hollerbüschen, verwilderten Rosen und Schrebergärten, geht ein Schwung Mädchen und Burschen vorbei. Zwei der Herren tragen ihre tragbaren Radios mit. Der lange Schwarze hält es mit Wien 1, der kleinere Blonde jedoch schwört auf Wien 2. Es ist wie im Prater, das Programm dröhnt durcheinand, aber im Grunde kommt es aufs selbe heraus ...

Die Sonne hat längst den Mödlinger Horizont erreicht. Der Abend kriecht langsam aus den Haberfeldern. Über dem Mödlinger Horizont schwimmt wie ein unendlich ferner, milchiger Mopedscheinwerfer der Abendstern dieses Tages.

Solche Späße tut man nicht

In voller Uniform, den obligaten Zweispitz auf dem Haupte, aber mit einem traurigen, wenn auch männlichen Blick in den wasserhellen Augen, begaben sich die beiden Admiräle der ehemaligen Donauflottille nach dem Ottakringer Friedhof. Admiral Arthur Strakosch, Edler von Wellensieg, und Vizeadmiral Antinous Czermak, Ritter von Stromschnell. Beide seit einem ausgewachsenen Mannesalter im Ruhestand, hatten sie, zusammen mit Contreadmiral Aloys Persenbeigl, Edlem von Ippsits, zufrieden ihre Pension vertan, Bier und Wein getrunken, sonntags wohl auch Erkundungszüge bis nach Albern gemacht und ansonst mit fachlichem Interesse die Wasserstandsberichte verfolgt, als vor drei Tagen die Nachricht vom Ableben des Edlen von Ippsits wie ein Blitz in den klaren Spiegel dieser Freundschaft schlug. Aloys, so stand auf der Parte zu lesen, sei einem Schlagfluß erlegen ...

Die beiden Admiräle erregten nicht wenig Aufsehen, als sie mit dem 46er von der Strozzigasse nach Ottakring fuhren. Ordengeziert und in seemännischer Gala durch die Thaliastraße zu fahren ist – beim Neptun – keine Alltäglichkeit! Nun, die Straßenbahnfahrgäste staunten maßlos, und der Schaffner verzwickte eine Karte um die andere. Es heißt, er soll sogar einen Zivilingenieur in die Nase gezwickt haben, worauf dieser aus vier Löchern zu niesen begann ...

Nachdem die zwei Freunde aus der Straßenbahn gestiegen, setzten sie sogleich ihre Fernrohre ans Aug' und spähten in Richtung Friedhof.

„Ich glaub“, sagte der erstere mit salziger Stimme, „wir müssen nach Westen!“ Obwohl sie viele Leute um sich sahen, die gleich ihnen Blumen und Kerzen mittrugen, Leute, denen sie nur nachgehen hätten müssen, vergewisserten sie sich doch vorher auf seemännische Art, um so die Sitte ihres Berufes zu wahren. Antinous Czermak konsultierte noch seinen Kompaß, dann marschierten sie los. Bald hatten sie auch den traurigen Hafen erreicht, der für so manchen der allerendgültigste ist, und durchsegelten das drohende Haupttor. Es war, wie gesagt, ein heißer Augusttag. Die Strahlen einer unwirklichen Sonne brannten die letzten Schatten aus den Bäumen, Bienen und Hummeln summten zwischen Kränzen und flackernden Kerzenflammen, aus südsüdwestlicher Richtung dröhnte das makabre Blech eines siebzigtausendmal gespielten Trauermarsches und die winzigen schwarzen Noten aus angerostetem Metall brummelten durch die blaue Luft.

„Also hat's den armen Aloys auch derwischt", sagte wehmütig Arthur Strakosch, „jetzt, mein Lieber, geht's stromabwärts. Wer der Nächste wohl sein wird ...?"

„Kumm", sagte Antinous Czermak bitter und deutete mit dem Fernrohr nach der fernen Musik, „dort drüben wird er seine Leich' haben, der Persenbeigl Aloys, ich hör', wann ich mich net täusch', wie s' grad ‚Blaue Adria, du ...' spieln tan. Das hat er immer so gern mögen, der Aloys."

Als sie die Musik erreichten, war es nicht Persenbeigls Grablegung, sondern die eines Hausherrn aus Neulerchenfeld. Die beiden erschöpft Anlangenden mußten also nach einem anderen Trauermarsch Auslausch halten. Zu dumm, daß auch auf dem Partezettel keine genauere Ortsangabe gestanden hatte ...

Um eben ein Langes kurz zu machen, Arthur und Antinous liefen bis sieben Uhr abends durch den tönenden Marmorgarten, verdarben ihre Beinkleider an gußeisernen Gittern, dürsteten gewaltig, murmelten maritime Interjektionen und nahmen endlich, vollständig außer Atem, unter einem leise im Abendwinde lispelnden Nußbaum Platz. Alles vergeblich ...

„Ich komm' mir vor", seufzte Arthur Strakosch von Wellensieg, „als wie seinerzeit, wie ich bei Cernavoda mit der ‚Prinzessin Stepfanie' auf Grund gelaufen bin. Im Elferjahr war's. Ich wollt' mich damals direkt entleiben ..."

„Mir geht's net besser", stöhnte ebenso tief Antinous Czermak, Ritter von Stromschnell, „und außerdem hab' ich schon seit drei Stunden a Steinderl in der linken Stiefletten ..."

„No", sagte Arthur, „jetzt kannst es ja 'raustun ..." Dann aber stockte sein Atem.

„Alle guten Geister", rief er entsetzt, „was kommt denn dader aus dem Gebüsch?"

Antinous, der gewiß ein beherzter Mensch ist, sprang jetzt auch ein unterdrückter Schrei aus der Kehle.

„Jessasmarandana, der Aloys!"

Mehr kriechend als schreitend, verstaubt, verrissen, aber ebenso in Gala wie seine beiden trauernden Kameraden, war der angeblich begrabene Admiral urplötzlich aufgetaucht und stand da, genauso zitternd wie Arthur und Antinous ...

Als eine halbe Stunde später alle drei vergnügt im Liebhartsthale beim Wein saßen, begannen sie zu mutmaßen, daß wahrscheinlich der Kowalek, ein bekannter Spaßvogel aus der Josefstadt, Trauerparten ausgesendet haben müßte. An Aloys eine für Arthur und Antinous mit „Tragisches Bootsunglück auf der Alten Donau", für diese aber wieder eine andere mit „Persenbeigl einem Schlagfluß erlegen". So ein Gspasseltfabrikant! Das tut man doch nicht ...

„Aber jetzt wiss'n wir's wenigst'ns, wie einem im Himmel der Heurige schmeckt", rief Czermak von Stromschnell.

„Nicht schlechter als auf Erden!" sagte Aloys. „Sollts lebm, meine Herrn!"

Sinnlose Tat am frühen Morgen

Meine Damen und Herren, ich habe eine Gewissensfrage an Sie. Was würden Sie tun, wenn Sie, sagen wir, eine von Einbrechern aufgerichtete Zeitbombe an irgendeiner Stelle Ihres Schrebergärtleins fänden? Ja, das ist eine harte, explosive Frage, nicht wahr? Wer könnte dies auch schon so mirnix dirnix beantworten, wenn er in samstäglicher Erholsamkeit bei Kakao und Kuchen seinen „Kurier" liest und im Apfelbaum Amsel und Drossel sommerliche Lieder flüstern ...

Aber hören Sie bitte, wie es Herrn Flötzlberger unlängst erging.

Herr Flötzlberger, ein pensionierter Straßenbahner aus der Leopoldstadt, kam, wie immer, gegen sechs Uhr morgens in seinen kleinen Schrebergarten. Es war ein wunderschöner Tag im Anzug und er wollte seine belgischen Riesen füttern.

Schön und gut, er sperrte das große Schnappschloß, das vor dem Gartentürl hängt, auf, ging in die bewohnbare Laube und trank fürs erste einen selbstangesetzten Weichselschnaps. Als er nun endlich die Kelchplätschen aus der Zeitung packte, um sie zu seinen Lieblingen zu tragen, bemerkte er, daß dieselben ganz voll Kalk und Pfeifenton waren. Sagte Herr Flötzlberger: „A bißl bessa hedn s' schon aufbassn kena, de akademischn Mola, Olas haum's mar augschbrizt, de Pfuscha!"

Ich muß nachsenden, daß Herr Flötzlberger tags zuvor die Maler gehabt hatte. Nun waren also die gesammelten Kelchplätschen mit Schablonenmusterln verunziert. Das mag ja manchem an der Wand gut gefallen, aber einem Hasen verdirbt es immer den Appetit. Herr Flötzlberger, der seine belgischen Riesen über alles liebte, wollte ihnen diesen Appetit nicht verderben und beschloß, die Plätschen in der alten Sitzbadewanne, die als Wassertrog diente, zu waschen. Er ging darum zur Wasserleitung und ließ das morgendliche Hochquellenwasser lustig über die Plätschen plätschern ... Plötzlich aber stutzte er wie ein Hirsch im Wald und verlor vor Staunen die Kassabrillen.

Warum staunt Herr Oberrevisor a. D. Leopold Flötzlberger? Ober der Tür zu seiner bewohnbaren Gartenlaube hing wie hingezaubert ein alter, verrosteter Kanarienvogelkäfig, und darin baumelte unschuldsvoll an einem Zwirnsfaden ein unglaublich ausgewachsener, sonnengedörrter Radi!

„Bleds Buamawerg", knurrte Herr Flötzlberger, der noch keine Ahnung von dem kommenden Geheimnis hatte, „do san s' ma widar amoe iwan Zaun gräud und haum ma den foeschn Kanari vua mei Hittn ghengt. Owa vileicht fressnd eam no meine Kinigln ..." Er nahm den Riesenradi aus dem Vogelbauer und trug ihn ebenfalls zu der Badewanne.

Herr Oberrevisor a. D. Leopold Flötzlberger erzählte mir später, daß er nicht schlecht erschrocken sei, als er bemerkte, wie auf einmal der Radi zu ticken begann. Zuerst dachte er noch, es wär seine Taschenuhr, die tickt nämlich auch recht laut und stammt von der Antschitant, die sie ihm einmal geschenkt hat, als er wehmütig erzählte, er sei niemals gefirmt worden ...

Aber dann lauschte er in der Gegend seines Bauchs, dann am Radi, wieder am Bauch, wieder am Radi ... klar, der Radi tickte wie eine Weckeruhr unter der Tuchent! Da stimmt was nicht, da ist was Besonderes dahinter! Kurz und gut, der Herr Flötzlberger bekam die Vorahnung eines Grausens, lief geistesgegenwärtig in den Anstandsort seines Lustgärtleins und warf den tickenden Radi, diesen unheimlichen Kanarienvogel, in die schau-

IRONIMUS

erliche Tiefe. Pfloatsch! Ein dumpfer Klatsch, und das Ticken war scheinbar der Unterwelt anheimgefallen ...

Wohlan, mein wackerer Hasenvater gab sich aufatmend wieder seiner angefangenen Beschäftigung hin. Die belgischen Riesen waren im Nu abgefüttert, ein zweiter Weichselschnaps ging einem dritten und vierten voran und darauf machte sich Herr Flötzlberger auf, denn das war ihm eine liebe Gewohnheit, die Gurken mit Jauche zu begießen. Hören wir, was Herr Flötzlberger als Augenzeuge des Kommenden selbst zu sagen hat:

„Auf aamoe mocht's an Grocha, oes wia wann d' Wöd untagingad, aus unsan Gloo foad ar Atomschwaumma in d' Hee, en Jölinek, mein Nochpan, reißt's en hoewadn Goatnzaun wek, de oede Weishapö, de wos in Suma iwa ima in ian Goatnheisel schlofft, mocht an Schraa, das ia de Eisiadglasln zschpringan und ii, i schdee doo, fon omd bis untn wia r ana, dea wos mit Reschpekt ... no eschowissn ... duat einegfoen is, woa da Kaisa z' Fuas hiiged! No, wos song S' do dazua?"

Ja, was soll man dazu wirklich sagen? Herr Oberrevisor a. D. Leopold Flötzlberger ist ein ehrenwerter, beliebter, anständiger Mensch, hat niemals nie einen Feind außer dem Durst gehabt, gehört keinem Spionagering an, ist kein Stadtparkbildhauer, malt nicht, dichtet nicht, ist weder tätowiert, noch trägt er zu enge Hosen. Also: Wie mag es wirklich angehen, daß man diesem braven, friedlichen Staatsbürger attentäterisch auflauert, radigetarnte Zeitbomben in den Schrebergarten tut und ihn solchermaßen mit einem schrecklichen Schundbücheltod mörderlich bedroht?

Vielleicht wollte ihm jemand nur das Misten seiner Gurkenbeete abnehmen. Allein, dieses seltsame wie gefährliche Vorgehen wäre ja doch ein äußerst gspassiger Umweg ... Ich sag' daher nur eins: Mahlzeit, Herr

Flötzlberger, Mahlzeit! Das wird ein abenteuerlicher Gurkensalat, den Ihner da Ihnere Frau zu den Semmelknödeln auf den Tisch stellen wird …

Grüß Ihner Gott, Herr Papageno

Heuer ist dieser berühmte Vogelfanger ganze 169 Jahre alt geworden und nennt sich, um die Tatsachen zu verschleiern, Adalbert Ptacek, raucht ordinären Landtabak aus einem zerbissenen Tschibuk, wohnt an der Peripherie Ottakrings und hat sich gewerblich vollkommen modernisiert. Das soll jedoch nicht heißen, daß er deshalb mehr Vögel erwischt als früher. Eher im Gegenteil! Als er noch mit Leimspindel und Netz durch die Weingärten zwischen Liebhartstal und Dornbach dahinzog, hatte sich das Geschäft noch so halbwegs rentiert. Heutigentags ist es leider schon so weit, daß er nebenher auch Schmetterlinge, Hummeln und Maikäfer mitfangen muß, um überhaupt auf einen grünen Zweig zu kommen. Schuld daran hat natürlich nur diese dumme Modernisierung des Fanggerätes ... Aber wer will schon neben der Zeit laufen? Das wäre eine schöne Schand, denkt Papa Ptacek und geht daher mit einem gebrauchten Hausfreundöferl vogelfangen. Seine liebsten Jagdgründe sind indes die Lagerplätze der Banerfetzenmänner.

Allein, wie alles menschliche Streben eitel ist, so auch dem alten Ptacek seines! Erst gestern konnte ich wieder seinem jägerischen Versagen beiwohnen.

Weil man mir das Elektrische gesperrt hat, wollte ich mir eine antike Petroleumlampe erstehen und ging deshalb auf den Alteisenplatz hinüber.

„Schaun S' Ihna hoed um", sagte der Meister der seltenen Metalle, „fileicht fint'n S' a Laumpm unta dea Gramuri. 's wiad scho no wo ane umanaundakugln ..."

Gut, ich ging also mit Muße durch das wuchernde Gerümpel vergangener Herrlichkeiten und betrachtete dieses und jenes. Plötzlich, wie von einer Gummischleuder abgeschossen, wer taucht auf? Der Papageno aus der Hasnerstraße mit seiner Ofenfalle! Das Zwitschern der gefiederten Sänger verstummt, die Schmetterlinge flüchten in uralte Pendeluhren, und der Platz wird still wie ein verlassenes Museum nach der Einuhrsperre. Ganz vorsichtig, direkt auf den Zechnspitzln, geht er, der große Fänger Ptacek. Kein Laut kommt ihm aus. Er paßt auf wie ein Haftelmacher ...

In seinem Tschibuk hat er ein Lockpfeiferl eingebaut und gibt jetzt auf einmal zwitschernde Töne von sich. Die Sonne versteckt sich furchtsam hinter einer Wolke, und mir steht das Herz still: Ein junger Steinadler, kaum den Kinderschuhen entwachsen, nähert sich der tückischen Falle, kommt näher, erreicht das drohende Ofenloch und – schnapp! – drin ist er ...

Blitzschnell war die Vorrichtung zugeschnappt. Papa Ptacek verlor vor Freude fast seine wertvolle Pfeife aus dem Mund. Der arme kleine Steinadler rumorte aus Leibeskräften im Innern des Ofens.

„Nix do", sagte Herr Ptacek, „gfaungd is gfaungd, jetzta bleib nua schee braf drinnad, mei Fogal!"

Aber man soll nicht die keimenden Kräfte eines jungen Steinadlers unterschätzen. Während Ptacek zufrieden zu seinem Käfigwagerl schritt, öffnete der schlaue Vogel, ein gebürtiger Tyroler, mit einer Haarnadel das Ofentürl wie ein zweiter Breitwieser von innen und – schwirr! – draußt war er und davongeflogen durch die blaue Luft.

„Ja Kruzineser", schrie Papa Papageno und verlor diesmal seine Pfeife wirklich, „do blogt ma se schdundnlaung weng an so an hadschadn Fogl und daun foad am des Fich bein Ofmdial ausse oes wia waun 's nix waa!! I glaub, i wia boed in Bension gee miassn."

Er tat einen kräftigen Schluck aus seiner Rumflasche. Als endlich die Abenddämmerung hereinbrach, fingen sich lediglich ein gipserner Admiral Nelson, ein Tennispracker, ein rostiges Holzkohlenbügeleisen, und damit mußte er sich begnügen, der Ptacek.

„Grüß Ihner Gott, Herr Papageno“, sagte ich, „habn S’ viel gfangt heute?“

„Na, und ob!“ sagte er listig. „Einen Lämmergeier, drei Bussarde, siebzehn Lercherln, drei Schwäne ...“

Na, und was sagen Sie, verehrter Leser? So ein Schmähtandler!

Ein schreckliches Theaterstück

Die kleine Bühne am Hupf in Gatsch, einem typischen Alt Wiener Gäßchen, feiert in diesen Tagen ihren dritten Geburtstag. Seine ganze jugendliche Begeisterung und Kraft hat dieses rührige Unternehmen während dieser Zeit dem Avantgardismus gewidmet. Hier konnte man unter anderem Svadronescus vieldiskutiertes Antistück „Wir warten auf Bardot" beapplaudieren, die „Montage der Analphabeten" von Conny T. Bayer auspfeifen, Ivan Legiews „Österreichische Odyssee" verschlafen oder zwischen zweitem und drittem Akt zum „Grenadier" auf ein Stehviertel gehen, Oswald Pragers „Ferdinand und seine Band", ein Volksstück mit Jazzeinlagen, ging hier ebenfalls mit viel Erfolg über die linoleumbelegten Bretter.

Heute ist wieder Premierenabend, versteht sich, eine Welturaufführung. Ein gänzlich junger Autor wird an diesem Abend zum erstenmal das Produkt seines Kugelschreibers realisiert vor Augen bekommen. Der Autor, Thomas Herrenbart, sitzt im dunklen Anzug in der letzten Reihe, zählt die Knöpfe seines Sakkos und kommt auf die wunderlichsten Rechenergebnisse. Er ist sichtlich nervös ... „Rosen und Einwände" lautet der seltsame Titel seines Problemstückes. Wenn es doch schon endlich klingeln würde und der Vorhang hochginge. Die Spannung ist kaum zu ertragen ...

Atemlos lauschen auch die zwanzig Zuschauer auf das erlösende Zeichen. Wie festgezauberte Luchse hokken sie in der knarrenden Unkommodität ihrer Sitzgelegenheiten und knacken mit den Fingern. Es ist schon dunkel, und der erste Akt liegt auf der Bühne wie eine blinde Ladung in der Startpistole beim Wettlaufen. Aber der Schuß kommt nicht und kommt nicht. Der Regisseur, der unter den Zuschauern weilt, begibt sich ein wenig aufgeregt hinter die Bühne. Jetzt sind nur mehr neunzehn im Saal. Was ist geschehen, warum stellt man die Nerven des Publikums auf eine so harte Probe?

„Was ist denn los?“ sagt Herr Monatinz, der Regisseur. „Fangen wir denn nicht schon seit einer Viertelstunde an?“

„Wir spielen doch schon seit einer halben Stunde, Herr Monatinz, schaun S' doch 'raus auf die Bühne!“

Herr Monatinz guckt auf die Bühne. Tatsächlich, die Bühne ist hell erleuchtet, und Gerti Weißenböck, die Darstellerin der einzigen Person dieses Dramas, spricht ihren Text wie immer bei den Proben schon, ordnet Blumen in eine Vase, dreht den Gashahn auf und überlegt es sich wieder ... Also was soll das alles? Der befremdete Regisseur saust wieder hinaus in den Zuschauerraum, vergißt aber die Glastür zu öffnen und kommt mitten durch die mannshohe Scheibe ... Rinteltitintel! Das zerbrochene Milchglas zerstreut sich vor den Halbschuhen der Pressevertreter in der ersten Reihe. Aha, denkt jetzt alles, nun hat's begonnen, so ein Gag! Monatinz, seine bühnenbewährte Geistesgegenwart nützend, beläßt es bei diesem Irrglauben und setzt sich wieder auf seinen Platz. Herrenbart, der Dichter, ist allerdings ein wenig betropezt. Was soll denn diese Änderung? Das hab' ich ja gar nicht geschrieben!

Wie nun der Regisseur wieder auf die Bühne blickt, ist sie vorhangverhangen wie eh und je ... Wieder saust er hinaus. Dieses Mal öffnet er die Türfüllung, und das Publikum ist entzückt. Die Kritiker notieren bereits in ihre Büchlein. „Wollt ihr nicht endlich den Vorhang aufziehen, der ganze erste Akt geht ja zum Teufel!“ schreit der Regisseur erbost Frau Samek, die Garderobierin, an. Diese, ein wenig taub, erwidert: „Ja, ja, seit einer halben

Stund', Herr Monatinz ... Bis jetzt hat sie sich noch kein einziges Mal verredet!"

„Wo ist denn der Techniker? Der Vorhang muß doch hoch, sonst sind wir geliefert!" Er stolpert hinter ein paar abgelegte Kulissentrümmer und schreit: „Jellinek, Jellinek, wo san S' denn?"

Ein dumpfes, zufriedenes Grunzen antwortet wie im Traum: „Loßts mi schloffn, Gsindl, Bagasch ..."

Auf einem alten Plüschkanapee liegt der Verantwortungslose stockbesoffen, die Rumflasche leer neben ihm. Jetzt zieht der Herr Regisseur den Vorhang selber hoch. Fräulein Gerti Weißenböck, die Darstellerin der einzigen Person des Dramas, spricht in diesem Augenblick den letzten Satz, den sie im ersten Akt zu sprechen hat. „Wenn das so weitergeht", sagt sie, „dann dreh' ich im dritten Akt wirklich das Gas auf, meiner Seel' ..."

Und Herr Monatinz, der Regisseur, sagt: „Und ich häng' mich im zweiten schon auf."

Aber gerade dieses Stück, und besonders der erste Akt, ist ein Erfolg geworden. Der Dichter Herrenbart schrieb am nächsten Morgen den ersten Akt sofort um. Teuer kam nur die täglich zu zerbrechende Glastür, denn die „Rosen und Einwände" wurden dreißig Tage en suite gespielt.

Mein Freund, der Schnepfhahn

Vom nächtlichen Turm der Breitenseer Kirche schlägt es eine Stundenzahl. Irgendwo hint' in den Schrebergärten schreit ein unbekannter Vogel, und im Atelier des Bildhauers und Statuettenschnitzers Schnepfhahn scharren leise und geheimnisvoll künstliche Holzwürmer. Die Pendeluhr tickt wie reifes Mondlicht, und der Meister erwacht aus einem tiefen Schlaf. Wie lange er geschlafen hat, weiß der Teufel, er weiß es nur ungenau. Jedenfalls denkt er, es wäre schon heller Morgen, aber es ist nur die frischgewaschene blaue Hose, die er abends zuvor ins Atelierfenster zum Trocknen gehängt hat.

Unbeirrt durch diese jähe Verwandlung springt er von seinem asketischen Gurtenbett, fährt in die Beinkleider und setzt sich an den großen Arbeitstisch. Er beginnt, nachdem er grelles Licht angedreht hat, zu zeichnen. Er zeichnet Frauen. Eine um die andere entsteht auf den weißen Seiten ungebrauchter Plakate. Die Tusche schleift schwarz und bleigrau wie die Nacht vor dem Fenster auf das makellose Papier. Schnepfhahn pfeift zweistimmig durch die Zähne Bach und Vivaldi. Das macht ihm kein zweiter nach. Rund um ihn stehen die schon in Eisendraht oder Gips realisierten Mädchen und werfen liebevolle Schatten auf Schöpfer und Arbeitstisch. Schnepfhahn zeichnet wie von einem Dämon besessen. Zwischendurch kommt es ihm in den Sinn, daß gestern *Manolescu*, ein wallachischer Edelmann und Freund, einen Liter Slibowitz mitgebracht hatte. Da müßte doch noch ein Restchen vorhanden sein. Da! Wahrhaftig, ein ganzes Achterl ist noch in der schönbebilderten Flasche! Er gießt den fröhlichen Rest in ein umherstehendes Kaffeehäferl und stärkt die Kraft seiner Einbildung. Ein abstraktes Mädchen ums andere, und jedes schlanker und genialischer als das vorige! Welch Glück, daß der gute Vogel in den Schrebergärten schrie, welch herrlicher Zufall, daß das gewaschene himmelblaue Beinkleid am Fensterkreuz baumelte, welche Vorsehung, daß die künstlichen Holzwürmer so laut tickten.

Der zeichnende Schnepfhahn ist nicht aufzuhalten, sein Dämon ist frei wie ein entflohener Jagdfalke, die Tusche pfaucht, raucht, ja siedet über das willige Papier, ein kleines Kunstwerk entspringt dem anderen, die fertigen Blätter fliegen nonchalant hinter die Schulter des Meisters und landen zwischen Gipsgerüsten, geschnitzten Teakhölzern und leeren Kognakflaschen.

Als es nun wirklich Morgen ist, also halb elf vormittags nach meiner Zeitrechnung, komme ich zu Schnepfhahn, meinem Freund, denn er wohnt fast vis-à-vis von mir.

„Servus, Altmeister, wie geht's dir? Hast wieder draht, bist ganz blau unter d' Augen, was? Was ist, hast a Dreier über für an guten Freund? Weißt, ich bin heut' wieder amal am Sand ..."

Schnepfhahn hat immer eine Dreier für einen Freund. So schlecht kann es ihm gar nicht gehn.

Zumeist ist auch irgendein trinkbares Getränk in Reichweite; man kann stets mit echter Gastfreundschaft rechnen.

„No, was sagst", meint er, nachdem wir die ersten Züge der edlen Dreier in uns haben, „sixt nix?"

Ich schau nach den Blättern. Zwanzig Seiten Papier mit den Entwürfen zu abstrahierten Mädchengestalten. Zum großen Teil sind sie wirklich großartig, aber unter Freunden ist es eben Sitte, daß man sich niemals Schmeicheleien an die Krawatte wirft.

IRONIMUS

„Schnepfhahn“, sag’ ich, „wann’s du eine von die Weiber da heiraten müsserst, dann gingert dir noch vor der Hochzeit der Schiach an. Oder glaubst net?“

Schnepfhahn wird von einem aristokratischen Hochmut umdüstert, seine hellblauen Augen durchdringen die Abstraktion auf dem Papier.

„Wann’s nur lauter solchene Weiber gäbert ... I schaurert die andern gar nimmer an!“

„Weißt ja eh, wie ich’s mein’, Schnepfhahn“, sage ich, „mir gefallen s’ ja auch. Aber weißt, ich möcht’ halt auf gar kan Fall eine davon heiraten ...“

„Du“, sagt der Schnepfhahn auf einmal, „heute bringt mir eine Freundin a Flaschen Courvoisier. Ich werd’ was für morgen überlassen, kommst dann ’rüber ...“

Sehen Sie, meine verehrten Leser, das ist Freundschaft! Ich würd’ genauso handeln wie der Schnepfhahn, nur ... mir bringt eben nie jemand einen Courvoisier!

Vor den Fenstern des Ateliers ist ein schönes Hausherrengarterl, darin zerfallen jetzt die verblühten Rosen. Sie flattern abstrahiert aus ihrem dornigen Heimatgebüsch und fallen aufs Hofpflaster. Manchmal aber trägt sie der Sommerwind, der sich in den Hofschluchten fängt und deshalb ungehalten wird, in das offene Fenster des Meisters ... Der aber sitzt und zeichnet seine abstrakten Mädchen und sammelt zwischendurch die rotwelken Blätter, die er für kommende Generationen in einem Prachtband von Giorgio Vasaris „Leben der Maler“ preßt ...

Einen Schluck Slibowitz auf meinen Freund Schnepfhahn, damit er bald mit seinen abstrakten Mädchen das erreicht, was ihm schon längst zugestanden wär, nämlich: so viel Geld, daß er sich jeden Tag einen echten Courvoisier leisten kann!

Preciosen und Effecten

Lichttag, Gastag, Zinstag, Tag der fälligen Rate, wahrlich, sind sie nicht die grausigsten Tage des Monats? Dagegen darf niemand Einwände regnen lassen, es sei, er ist ein arroganter Schmock, der sein inneres Pfui gerne als ein äußeres Hui sehen lassen will. Aber wer unter uns wollte das schon …?

Na, und wann es uns einmal nicht mehr ein- noch ausgeht, wann uns der Hintere nach vorne gerichtet ist, was tun wir dann? Pscht … Nichts weitersagen: Wir versetzen unsere Preciosen & Effecten. Ich schreibe absichtlich Preciosen und Effecten mit dem altmodischen c, denn als ich gestern in einer der letzten Wiener Privatpfandleihanstalten war, um mein Transistorradio, wie man so sinnig und schön sagt, belehnen zu lassen, fand ich mich von ungefähr in einem altersbraunen Raum, der mit den altertümlichsten Wegweisern geziert war, die ich mein Lebtag gesehen habe. Zum rechten Schalter wies ein rosenrotes Handerl mit der Überschrift „Effecten", zum linken aber ein solches mit „Preciosen".

Ich kam mir vor wie der selige Herkules am Scheideweg. Mußte ich nun mit dem Radioapparat zu den Effecten oder zu den Preciosen? Precios, also kostbar, ist mir schließlich mein tragbarer Lautsprecher auch; habe ich ihn doch unter Lebensgefahr eines Abends durch ein berüchtigtes Räuberviertel getragen, hellauf spielend, und er wurde mir nicht geraubt …

Zugegeben, es war ein Orgelkonzert von Bruckner, jenem obderennsischen Titanen, aber gleichviel, was kümmert das schon die Wegelagerer?

Aber ich wurde gleich darauf belehrt, daß mein Apparat nicht precios, sondern effectvoll sei. Schön! Ich ließ ihn mit dreihundert Schilling belehnen, bekam einen blaubebuchstabten Zettel und wartete auf die Marie.

Plötzlich, wie ein verhatschter Blitz, kam ein älterer, durstig ausschauender Gentleman durch die ruhelose Glastür gestürzt, zog stante pede seinen mausgrauen Rock aus und trat forsch an den Effectenschalter. Dreieinhalb Schilling kriegt er dafür, dachte ich mir, und bereitete mich auf ein ausgefallenes Striptease vor ... Wann der jetzt zum Wimberger hinauf will, um, sagen wir, einen bescheidenen Brünnerstraßler zu trinken, so braucht er doch wenigstens einen Zehner ... Ja, und dann müssen noch Schuhe, Beinkleid und Unterwäsch' dran glauben. Teuflisch, teuflisch!

„Wos reibst ma fia des Sakl doda, Ongl'?" sprach der bedürftige Mensch. „I hobs eascht in letzn Winta bei mein Schdotschneida ausmessn lossn. A brima r englischa Schdoff ... Hand aufs Herz!"

Der Herr Schätzmeister zog die Nase kraus, als schlüge ihn ein besonders fataler Duft. Er wurde etwas nervös. Der Mensch tat ihm anscheinend ein wenig leid ...

„Leida", sagte er, „Schdoffe kemma nima r aunema. Mia haum do scho a gaunze Konfektionsopdäulung. Kauft se jo jeda wos Neix, wann eam de Ködn ins Gnak schdeigt!"

Der Durstige im Hemd stand ein wenig ratlos vor dem schicksalsträchtigen Schalter. Er schien nachzudenken, und die Hosenträger baumelten trauervoll über seine Sitzgelegenheit und unterstrichen solcherart Durst und Enttäuschung ... Er schlüpfte also wieder resigniert in sein Sakkl. Dann nahm er den feschen Steirerhut mit dem falschen Gamsbart ab und legte ihn aufs Schalterbrett hin.

„Ar easchtglassiga Welur, fua zwaa Wochn how e de Düsn kauft. Um zen Schlei soins as haum, Hea Schef!"

„Leida, leida", sagte wieder der Schalterbeamte zu dem Herrn, der übrigens nicht mehr mit Hut gehen wollte, „dea Tschako is jo scho so faschwitzt, das a r ausschaud, oes warad a in a r Ööfaßl eindaucht wuan. A so wos kann i ned nemma, Herr!“

„No, daun eem net. Waun ma denan Mentschn wos Guads duan wüü, dann woin s ned. Owa es wean scho no Zeidn kuma, wo s am auf d’ Gnia r um so an Huad bitn wean! Opwoatn: Der Konjungtuua ged ned aso weida ...“

Aber dann ließ sein jäher Stolz zusehends wieder nach. Wahrscheinlich biß ihn der Durstwurm so sehr, daß er nicht mehr das Rückgrat, sich zurückzuziehen, aufbrachte. Verzweiflungsvoll griff er in den Mund, fischte sein goldbesetztes Gebiß hervor und legte es mit einem zuzelnden Seufzer auf das Schalterbrett.

„Und wos song S’ do dazua? Ein echtes, punziertes Goid. A jeda Juweliia dad se do de Finga ooschleckn! Fia r an Fuchzka kenan sa s haum, Hea Masda!!“

„Duad ma lad ...“, begann der Mann hinterm Schalter. Der Mann ohne Gebiß sackte in sich zusammen.

„Dann kaun a me umbringa“, flüsterte er tonlos, „des gibt ma r en Rest ...“

„Wea wiat den glei fon Umbringa redn“, meinte begütigend der Schalterbeamte. „I hob Ihna nua song wolln, daß met den Gebiß zu die Preciosn gehn müassn, wäul duat wiad dos Gold aungnommen und net bei mia, bei di Effecten ...“

Bobby Grey, der Feinspitz von Breitensee

Ich erinnere mich noch gut an den denkwürdigen Sommer 1935, der Asphalt unserer Gasse kochte unter den Schuhsohlen, und wir wären alle so gern noch mit bloßen Füßen gelaufen, aber ein solches Tun schien uns nicht mehr ziemlich, da wir bereits vierzehn waren, pflaumenblaue Homburgs trugen und Zigaretten mit bunten Mundstücken rauchten. Mein Freund Peperl Novák änderte zu dieser Zeit seinen Namen in Bob Grey und trat bei einem berühmten Meisterdetektiv in die Lehre ein. Wie beneidete ich ihn! In grünlaubigen Kastanien sitzend, beobachtete er diskrete Fälle, rief ärgerlich „Damned", wenn ihm ein „Fall" per Taxi entschlüpfte, und gab sich für sein Alter schon unerhört weltmännisch.

Zwar ging das Detektivunternehmen ein paar Monate später wieder ein, aber das lag nicht an Bob Grey, sondern am Meister selber, der änderte nämlich den Beruf. Also nahm Bobby Stepunterricht, das schien ihm auch abenteuerlich und war damals große Mode, fand eine entzückende Partnerin, und nicht lange darauf besaß Wien seinen eigenen Fred Astaire. Dieserart verlor ich meinen Freund, den späteren großen Grey, aus den Augen. Er gastierte ab nun etwa in Lódz oder Monte Carlo, in Podersdorf oder Bordighera, in Leitmeritz oder Lausanne, ja, ich muß sagen, er entschwand meinen Augen wie ein prächtiger Luftballon.

Als ich nach dem letzten Krieg nach Wien zurückkam, traf ich Bobby Grey in unserer Gasse mit einem Kinderwagerl voller Eschenholz. Na so was!!

„Bist unter die Leimschackeln gangen, Bobby?" rief ich, erfreut, einem alten Freund wieder lebendig zu begegnen.

Bob Grey setzte sein bekanntes Charmeurlächeln ins Gesicht. „Du weißt", begann er mit seinem unwiderstehlichen leichten Prager Akzent, „i hab Talent für allers. Was ich in d' Hand nimm, wird Gold. Da hab i mir jetzt ein zehn Jahr altes Holz verschafft, leicht, sag ich dir, wie Bettfedern!"

„No, und was willst denn jetzter mit dem Holz anfangen?"

„I hab a ganz spezielle Erfindung. Etwas, was no nie da war!"

„Was denn, Bobby? I verrat nix, du kennst mich doch."

„Dreimal darfst raten."

„A Mausfalln für die Polizei?"

„Nein."

„A Kegelbudl für die Amerikaner?"

„Aber geh, wo denkst denn hin? I bau mir jetzt beim Dworschak hinten in der Werkstatt ein paar Stelzen und geh damit auf Tournee. A neue Partnerin hab ich auch wieder, die alte is mir schon z' alt. Nächste Wochen kannst uns schon im Franzosenkino in der Breitenseerkaserne sehn."

Er reichte mir seine Karte:

BOBBY GREY & LILLIAN
Step- und Tricktanz auf Stelzen

Bobbys Step- und Tricktanz auf Stelzen wurde zu einem durchschlagenden Erfolg. Einmal durchschlug er sogar in einem Wiener Nachtlokal das Parkett und landete im Sektkeller. Wie beneidete ich Bobby! Er eilte von Triumph zu Triumph, Minister gratulierten ihm und stritten in den Ministerien um den Vorzug, Bobby Greys schmale, aristokratische Hand drücken zu dürfen, Damen der ersten Gesellschaft inszenierten wohldurchdachte Selbstmordversuche, sein Stern stieg von Tag zu Tag, von Tanz zu Tanz, und schließlich verlor ich meinen Freund abermals aus den Augen.

Vor kurzem hielt ein Straßenkreuzer mit elegantem Knirsch neben mir. Ich drehte mich um, weil ich dachte, vielleicht ist's irgend so ein Filmproduzent, der mich engagieren und meinem Elend sozusagen entreißen möchte. Aber weit gefehlt! Es war Bobby, der große Bobby Grei (so spricht man es aus!).

Fröhlich erklang die liebe, alte Stimme aus dem Inneren der Luxuslimousine:

„Servus, Hansi, alte Hütten, geh nur net so arrogant vorbei!"

„Sakramentnomal", entfuhr es mir, „wann ich in meiner verpfuschten Jugend doch nur steppen gelernt hätt, zumal noch auf Stelzen, dann fahrert ich jetzt auch mit so an Wagerl wie du! Man fangt eben allers falsch an, und ich hab kein Glück."

„Wer sagt dir denn, daß ich noch tanzen tu", meinte gut gelaunt Bobby Grey. Sein strahlendes, charmantes Lächeln hinter der goldgerandeten Brille war noch immer das alte. „Ich bin vor drei Jahren in die Industrie eingestiegen. Krampfadern und Steptanz sind feindliche Brüder, weißt. Aber ich könnt mich net beklagen!"

„Man merkt's! man merkt's!" meinte ich und wandte mich ein wenig, von soviel Chrom und Gold geblendet, ab. Bobby reichte mir seine büttenpapierne Karte:

JOSEPH F. NOWACK
Generalvertreter von Stöttinger Ges. m. b. H.
Büromaschinen

„Wanns du einmal eine Vervielfältigungsmaschine für deine Gedichter brauchst, dann ruf mich an. Bei mir kriegst sie um 25 % billiger, weils d' ein alter Freund bist. Und ich hab halt immer noch ein Herz für d' Kunst."

Herr Hasenbrein und der Fremdenverkehr

Herr Hasenbrein ist ein sprachengewaltiger Mensch. Neben seinem heimatlichen Wienerisch versteht er es auch, böhmische Lieder zu singen, Hochdeutsch ist ihm fast ein leichtes, obgleich er recht wenig in diesem Idiom konversiert, das Englische fällt ihm als Leser von Max-Brand- und Zane-Grey-Romanen nicht schwer, und Französisch wie Italienisch beherrscht er ganz passabel, da er während des Krieges in Paris und einige Urlaube im sonnigen Caorle zu Gast war.

Nun, das ist bei uns Wienern keine Seltenheit. Eine Stadt von so kosmopolitischem Geist muß eben in mancherlei Zungen fertig sein. Aber bei Herrn Hasenbrein geht die Sache um einen Schritt weiter, denn immer, wenn der Fremdenverkehr in unserer Stadt mit dem Sommer zugleich das Bein hebt, zieht der gute Hasenbrein seinen frischgebügelten Trachtenanzug an, bürstet seine schütteren blonden Haare mit Hochquellwasser zurück und fährt von Stadlau, dort wohnt er, in die Innere Stadt. Vor dem Prinz-Eugen-Denkmal zündet er sich dann eine Virginia an. Eigentlich ist er als Stadlauer ein begeisterter Donauraucher. Die sind so gut gegen die Gelsen ...

Aber an solchen Tagen muß es unbedingt eine Virginia sein, da gibt's keine Würsteln! Kein Wiener ohne Wetschiner! Herr Hasenbrein ist nämlich Fremdenführer aus Leidenschaft, und ihm scheint kein Mittel sicherer, Fremde auf sich aufmerksam zu machen, als das Anrauken seiner Virginiazigarre. Jawohl, schon allein durch die Prozedur beim Inbrandsetzen dieses Rauchstengels stürzen die Touristen aus den Reisecars und schaun ihm andächtig zu.

Zuerst zuzelt er fachmännisch das Mundstück der Zigarre, dann hält er sie in die Sonne, betrachtet sie kritisch wie ein Werkmeister, sagt: „Sauber“, bläst noch einige Stäubchen ab und steckt sie wieder unter den Schnurrbart. Darauf erwärmt er mit dem brennenden Streichholz die zu entzündende Spitze, etwa eine Minute lang, und dann zündet er sie endlich an. Das ist sein gesetzlich geschütztes System ...

Die staunenden Ausländer umstehen ihn nun wie einen glückbringenden Kleinvulkan und sind vor Ehrfurcht platt. Das aber hat der listenreiche Hasenbrein nur zu sehr beabsichtigt. Ein Blick seinerseits, und er weiß: Ami, Engländer, Franzos, Neger, Preuß oder Italiener! Sein Auge ist voller Rassenkunde. Jetzt kann die große Stunde des Fremdenführers aus Leidenschaft beginnen!

„Yes, yes, a Wetschina. Vienna and Wetschina. I olawäu smoke only Wetschina ... You amerigana, yes? No? Aha, daun seids english ... Klasse Burschn the English! I like England and my Wetschina. Look here, this is our Prinz Eischeen. He olawäu smokes Wetschina like I ...“

So geht er meistens die Englisch sprechenden Touristen an. Dann deutet er mit seiner Virginia nach den Gebäuden und Standbildern, radebrecht dieses und jenes und kommt schließlich mit dem Zauberwort „Grinzing“ angerückt ... „Grinzing! Mamma mia, molto vino, molto musica, molto Hetz ... Capisce? Molto Gaudi! Si, si, wea no ned in Grinzing woa, dea hot ka Aunung von Wean ... Mit da tramvia Ochtadreiska ... Trentottotramvia! Owa wo hea. Goa ned weid is ausse. A viatl, hoewe Schtund hextns ... Mezz'ora, niente molto tempo!“

Welcher Fremdling könnte sich solcher Wohlredenheit entziehen?

Herr Hasenbrein bugsiert die aufgeräumte, spannungsgeladene Reisegesellschaft in die Straßenbahn.

GRINZING
My mother was a Weanarin
ENGLISH
DEITSCH
Wienerisch

Er läßt es sich auch nicht nehmen, die Fahrscheine auf seine Kosten zu lösen. Das ist Ehrensache. Gast ist Gast!

„Un, deux, drois, quat, cinq, six, sept noch Grinzing, Monsieur Schaffner ... Ocht Schdick, wann i bittn darf? Olas meine Freind doda, tous amis, lauta Barisa, a Nega is a dabei, owa a liawa Mendsch, a liawa Mendsch. Samma jo ole Mendschn, n'est pas, Monsieur Schaffna?"

So fährt und führt Herr Hasenbrein seine frischgewonnenen Freunde aus aller Welt nach Grinzing hinaus, seine Augen leuchten dabei wie Viertelliter-Krügerln im Kerzenschein, die kalte Virginia duftet traulich aus seinem Gilettascherl, und leise summt er liebe, alte Wiener Weisen, die er gerne jedem Interessenten in die Muttersprache übersetzt:

My motherl was a Weanerin,
Drum like I Wean so much ...

oder

Vendete il mio quanto,
Io foro in himmlio ...

„Now, ladies and tschentlemen, you are in Grinzing. Allons zu Heirichn! Tutto vino, niente birra, owa a Musi, de wos jedn ins Gmiad gehd ... Kummts, Leidln, jetzt gemma boschn!"

Gegen drei Uhr morgens wankt Herr Hasenbrein, beseligt von Grammatik und Wein, über die menschenleere Reichsbridge nach Hause. Drunt in der Lobau wird es schon hell, und die Vögel schreien aus allen Bäumen und Büschen des Überschwemmungsgebiets.

Ich glaub, der gute Hasenbrein aus Stadlau versteht jetzt sogar alle Spatzen und Amseln mitsamt dem freundlichen Affen, der ihm sanft grinsend auf den Schultern hockt.

Herrn Krabaths musikalische Haar- und Bartpflege

Herr Franz Krabath, unser Nobelfriseur, kam zu Herrn Dobermann, dem Wirt von der „Feuchten Krawatte". Mißmutig an die Budel gelehnt, trank er ein Viertel Riedentaler und nagte melancholisch an seinem Rockaufschlag. „Mei Gscheft kunt bessa gee", meinte er gedankenvoll, „jawoll, vüü bessa. I was ned, wos des is. Dreisk Joa bin i jetzta do aum Grund, owa so schlecht woan meine Einnaumen no nii ..."

Dobermann hinter der Budel nickte zustimmend. Er drehte gedankenvoll seinen schönen Schnurrbart.

„San S ma net bes, owa mia foed des aa auf. Wo Sie friia unter ocht Fiataln ned fuat san, mocht s bei Ina kane drei mehr aus. Wos kaun des sei?"

Ein Gast erhob sich, nahm aus dem Geldbörsel seiner Dame einen alten Schilling und wankte lässig auf die magisch illuminierte Musikbox zu, die erwartungsvoll im dunklen Extrazimmer träumte. Klack, machte der geschnorrte Schilling. Gleich darauf durchflutete eine warme Männerstimme melodiös das Wirtshaus ...

„Des hea r i jetzt heite schon zun fuffzigstn Moe", sagte der Wirt ein wenig müde zum Friseur, „des is ‚Das haw ich in Baris geleand', und speziell dea farsoffane Newralek schdet drauf oes wia da Lidi. Owa mia kaun s nua recht sei. Opgseng fon den iwrichn, wos do schbün lossn ... i schdes mi gsund dabei. Zwoa hob i mit da Schdeia a Gwiagst, owa des richt i ma scho ei ..."

„Glaum S, soit a ma aa so wos auschoffm", meinte Herr Friseur Krabath und wischte den Riedentaler vom Rockaufschlag, „i man, fia mein Salon. Des waa r a Idee!"

Der Wirt neigte sich vertraulich an die linke Ohrseite des Figaro: „Waun S mi frogn, daun kann i Ina nua zuaredn. Es rentiad si beschdimt!"

In der Box setzte eine neue Platte ein: „Mit Musik geht alles besser!"

„Waun d' Kua hin is, soi s Keiwö aa hin sei!" verkündete Herr Franz Krabath mit leiser, aber fester Stimme. „Gem S ma no a Fiaterl. Muang gee r i zun Seebuag eine und hoe ma so an Kostn. Ma muas mit da Zeit gee ..."

Vorigen Dienstag kam Herr Dobermann in den Salon Krabath, um sich anläßlich seines 45jährigen Berufsjubiläums den schönen Schnurrbart aufbrennen zu lassen. Dem Krowodn sei Voeksempfenga plärrt owa heit wida r amoe laud, dachte er, als er die Hand an die Tür legte. Er öffnete und trat ein. Ja kruzitürken, das muß ein Irrtum sein! Die Espressobar ist doch drei Häuser weiter ... Nein, er hatte sich nicht geirrt. Er war schon in Herrn Krabaths Salon, nur, welche Veränderung! Dort, wo früher die drei braunen Wartestockerln gestanden hatten, befand sich jetzt eine prachtvolle, in allen Regenbogenfarben leuchtende Musikbox. Rundherum standen Damen aller Altersklassen und verkürzten so die Wartezeit bis zur endgültigen Dauerwelle. Das Geschäft schien wieder zu florieren ...

„No, wos song S", sagte der Friseurmeister blitzenden Auges, „bin i a modeana Geschäftsmaunn? Seit ana Wochn hob i meinen Umsatz verdreifacht!"

„Olle Auchtung, Herr Krabath, olle Auchtung", strahlte der Wirt, „owa gem S as zua, des woa *mei* Rotschlag! Haum S fileicht a Liad fon da Nagl-Mali in Inan Aparat?"

Er griff nach einem alten Schillingstück, fand keines und ließ an der Kasse wechseln. Voll klang die Stimme der letzten Meisterin des Wienerlieds durch Herrn Krabaths modernisierte Haar- & Bartpflegeanstalt. Der wackere Wirt ließ sich zufrieden in den Barbierstuhl sinken:

„Bart brenna, Antschi! Aber recht fesch, wann ich bittn derf. I hob heit mein 45jähriges Berufsjuwiläum!!"

Fräulein Anni begann überlegt und gekonnt, das zarte Brenneisen über einem Gasflämmchen zu erhitzen. Inzwischen war Herrn Dobermanns Wienerlied verklungen, und den nächsten Schilling opferte Fräulein Sigrid Schmeisl, die vis-à-vis im Strumpfgeschäft als Verkäuferin angestellt ist. Sofort erklang der herrlichste Be-Bop, und nicht nur Sigrid, sondern auch die brenneisenerhitzende Anni kam durch „Little Richards" Stimme in so ekstatische Bewegung, daß leider neben ihrem kleinen Teenagerherz auch Herrn Ferdinand Dobermanns gewaltige Schnurrbartspitze zu schmoren begann und mit einem Zischer verendete. Entsetzt starrte der Jubilar in den Spiegel. Er war weiß geworden, sprachlos, um Jahre gealtert ...

„Um Gotteswün, Anni, was ham S denn jetzt angschtelt!" schrie der Friseurmeister und schnitt Herrn Adamek, der gerade unter seinem Rasiermesser saß, ins Ohr. Das Lehrmädchen, durch diesen plötzlichen Ausruf erschreckt, ließ ein Haarfärbemittel fallen und verdarb einem wartenden Versicherungsbeamten das hellgraue Beinkleid. Herr Dobermann, seiner Sinne nicht mehr mächtig, sprang auf und entfloh mit halbem Bart ...

„Und i hob eam no den bledn Rod gem miassn", sagte der glattrasierte Jubilar bei seiner 45-Jahr-Feier, „das a se a Wurlitza zualegt. Wos hob i jetzt fon meina Guadheid? Mei Schnuaboad is bein Deifö, und ausschaun duare wia r a jingara Holbschdoaka ... I hob s jo imma scho gsogt: De modeanan Negadanz bringan nua r Unglik in d' Wöd ..."

„Drestn S Ina, Hea Dowamann", sagte ich, „Se haum jo ee an schdoakn Boatwux, dea woxt Ina wida noch, owa unsarans kaun en ole Ewechkeid ka Fiatl mea drinkn, one ned dabei des Grawäukastl in ana Dua in d' Uan z haum, wän S Inan Umsotz hebm woin!“

Ladislaus und der Tausenderschmee

Wenn sich zwischen Nachmittag und Abend der weiße Mond über Wien zu bewegen anfängt, stellt sich Herr Ladislaus Krkal vor den Spiegel seines Hernalser Heims und schlingt eine herbstlich-schlappe Krawatte unter den sehr gespitzten Kragen seines Oberhemdes. Er legt diesen zufrieden um die zugezogene Schlinge, wutzelt ihn zurecht, setzt eine imposante, goldbetreßte Portiersmütze auf den Yul-Brynner-Kopf und verläßt seine Behausung ...

„Ah, guten Abend, Herr Krkal, wird heute kühl werden in der Nacht ...“

„Ich bin abgehärtet, Frau Neumayer, mir schneidt kein Wind was weg! Allers echt an mir ...“

„Auf Wiederschaun, Herr Krkal ...“

Herr Krkal setzt sich auf sein ältliches Moped und braust mit dreißig Sachen den Gürtel hinauf, biegt bei der Nußdorferstraße schneidig ein und landet irgendwo in einem dem großen Beethoven geheiligten Viertel. Vor dem bekannten Nobelheurigen hält er schließlich und stellt bei der Toilettenfrau sein Fahrgerät ab. Herr Krkal hat seinen Dienstplatz erreicht. Er ist Türlschnapper bei besagtem Heurigen ...

Es ist wirklich kühl heute. Durch die Alleen, die immer mehr Laub verlieren, pfeift ein scharfer Wind. Die Luft schmeckt nach wilder Erde, Erinnerungen an verbranntes Erdäpfelkraut streifen die Nase, weiter oben in den Weingärten fliegen schon riesige Krähenschwärme, und jede Krähe hat ein Gesicht wie der Herr Ladislaus selber. Ladislaus wird von seinen Freunden niemals anders als das „Vogelgesicht“ genannt ... Heute aber ist sein Vogelgesicht besonders markant anzusehen. Sein Rheuma rührt sich nach einer sommerlichen

Pause wieder. Zu blöd sowas! Grad immer im Herbst, wann das schönste Geschäft angingert!

Da kriecht einem so eine lästige Ameise immer und immer wieder in den Hosenhaxen hoch und treibt ihren groben Unfug mit den Knochen. Er hat ja gelogen, wie er der Frau Neumayer gesagt hat, daß er so abgehärtet wäre. Alles nur Aufschneiderei, weil er auf die fesche Neumayer trotz ihres Alters ein Aug hat. Außerdem weiß er genau, daß die Neumayer auch eines auf ihn hat. Mit so einem noblen Portier, wie er einer ist, kann man auch ohne weiteres ausgehen, ohne rot zu werden.

Abwarten! Vielleicht kommt heute aber noch irgend so ein angeheiterter Industriekapitän, der ihm für die liebenswürdige Türlschnappung irrtümlicherweise einen Tausender reibt. Ladi, Ladi, das wär ein gsunder Riß! Dann kannst du dir den alten Ford vom Břeclavka kaufen. Fuffzehnhundert verlangt er dafür. Dann: Ade, mein liebes Moped! Wird die Neumayer Augen machen, wenn er lässig vom Volant grüßt! Einstweilen ist es aber noch kalt, und der wilde Wind ruiniert die Alleebäume. Ladislaus ist manchmal von den fallenden Blättern wie eine Statue der Vergänglichkeit umgeben, wie ein nachdenkliches Allerseelenphoto vom alten Marxer Friedhof ...

Da! Ein lila Straßenkreuzer hat gehalten. Fast, daß ihn Herr Krkal übersehen hätte. Ein geistesgegenwärtiger Sprung rettet ihn aus seinen Träumen. Hand ans Türl, Ladi!

„Guten Abend, die Herrschaften. Willkommen in Heiligenstadt ...“ Er hat sich für deutsche Besucher einen besonderen Spruch zurechtgelegt und fühlt sich immer wie ein schottischer Kastellan, sooft er das Türl einer Hamburger oder Düsseldorfer Nummer aufreißt.

Ein Zwanziger flattert in die ausgestreckte Hand. Na ja, ganz schön, aber der Tausender ist wohl noch ausständig. Ladislaus wartet und öffnet, öffnet und wartet. Das höchste war heute ein heißer Fuffzger. Der Tausender will nicht kommen.

... Ansonst hat Herr Krkal noch nie auf dieses Wunder gehofft, aber heute fühlt er irgend etwas in der kalten Luft. Es kommt schon noch einer, jaja ...

Die Rheumaameise kribbelt gegen elf Uhr immer besonders stark. Das ist Ladislausens alte Erfahrung. Er steht manchmal einem Storch nicht unähnlich auf einem Bein und wiederholt erbeingesessene Verwünschungen. Er zählt sein Geld. Dreihundertachtzig Ischlinge. Das ist viel für den Durchschnitt, aber nichts, wenn man auf den Wundertausender hofft. Er braucht sein Auto! Tramway oder Moped? Daß ich nicht lach! Die Frau Blaschek aus der Küche hat sogar ihren eigenen Wagen und er, der Herr Portier, er, der Empfangschef, fährt noch immer mit einer alten Saxonette in den Dienst. Nein, das geht nicht. Das geht nicht mehr so weiter!

Gegen zwölf aber fliegt die Tür auf, Herren und Damen. Mitten darunter der Herr M., sein Name sei verschwiegen, im Stadtpelz. Es ist eben schon kühl. Herr M. hat sichtlich einen bildschönen Schwül. Herr Ladislaus kommt dem wartenden Privatchauffeur um den Bruchteil einer Sekunde vor, reißt den blitzenden Schlag auf – und schwer wie ein banknotengefüllter Sack plumpst der gewaltige Herr M. in die Pölster seines Mercedes. Wie eine Schlangenzunge fährt Ladislausens Rechte in den Fond, eine Note wechselt den Besitzer und unter den tiefen Bücklingen des Beschenkten fährt der Wagen stadteinwärts ab.

Ladislaus hält die Augen geschlossen und streicht über das schwere, dicke Papier. Er getraut sich nicht hinzusehen. Das muß das Wunder sein. Přeclavka, dein Ford gehört jetzt mir! Er geht zur Laterne, er zwinzelt durch die Brauen, er reißt die Augen auf, wie sonst nur den Wagenschlag ... Da! Eine vierstellige Zahl flimmert im Schein der Gaslaterne! Der Tausender!

„Heut bin ich zum letztenmal dader“, sagte eine Weile später Herr Ladislaus Krkal, als er sein Moped von der Toilette abholte, „die Welt hat keinen Anstand mehr, Frau Roßnagl ... Jetzt hat mir eben einer einen Tausender verehrt ...“

„Na sowas“, sagte Frau Roßnagel, „mir schmeißn s nur Zehnerln in Teller ...“

„An alten Tausendkronenschein hat mir aner griebn!“, heulte Herr Ladislaus auf und verschwand mit seinem ruhestörenden Moped durch die Nacht ...

D
F-21717

Keine Menschenfresser, bitte!

Frau Amtsrat Reißfleisch wollte einen Untermieter aufnehmen und hatte zu diesem Behuf tags vorher die Studentenschaft angerufen. Vornehmes Gassenkabinett, elektrisches Licht, Bett, Pendeluhr, Schreibtisch, Universitätsnähe usw. Für nur 900 Schilling, ab sofort beziehbar ... Nun aber, an diesem Nachmittag, war sie doch ein wenig bedrückt, da sie fürchtete, man möchte ihr einen dunkelhäutigen Herrn zuschicken. Und das wäre besonders peinlich vor den Nachbarn und so weiter und so weiter. Vielleicht wären auch Kannibalen und Mädchenhändler unter ihnen, wie man ja nur zu häufig im Lesezirkel erfahren kann ...

Frau Amtsrat Reißfleisch und ihre Freundin Adele saßen diesen Nachmittag bei Kaffee und Mohnstrudel und warteten die kommenden Dinge etwas nervös ab. „Am liebsten", sagte Frau Amtsrat, „wär mir halt so ein solider Amerikaner, der was alle Ersten pinktlich seinen Zins zahlen tut und nicht schnarcht ..."

„Ganz recht, liebe Melanie", sagte Adele, „die Ameriganer sein die solidesten, und Geld haben tuns auch. Auf keinen Fall darfst du dir ein Arawer, Perser oder gar ein Dürken nehmen. Die haben uns schon viermal belagert ..."

Die Klingel der Wohnungstür schrillte scharf und kriegerisch. Frau Amtsrat Reißfleisch richtete sich würdig auf, ging ins Vorzimmer, das zugleich als Besenkammerl diente, und öffnete einen Spalt die Türe.

„Ich komm wegen Kabinett. Ist noch frei, bittschen? Mein Name ist Berislav Stojanović ..."

„Sind Sie der Ameriganer, den was ich das Zimmer versprochen hab?" fragte die Frau Amtsrat durch den Türspalt.

„Amerikaner?“ meinte Stojanović verfremdet ...

„Dut mir leid“, sagte Frau Amtsrat kurz, „aber das Zimmer is schon an ein Ameriganer vergeben!“ Die Türe schlug kurz vor der Adlernase des langen Kroaten zu.

„Wer war's denn?“ fragte Adele. Aber bevor Frau Amtsrat Reißfleisch noch eine Antwort erstatten konnte, klingelte es abermals.

„Ich komme wegen Zimmer. Ist das Zimmer noch frei, bitte? Mein Name ist Wassilis Liolakis ...“

„Sind Sie der Ameriganer, den was ich das Zimmer versprochen hab?“ fragte Frau Amtsrat mit der gleichen diplomatischen Schläue wie vorher.

„Ich bin aus Ioannina und das is in Griechenland und ...“

Die Tür krachte ins Schloß.

„Lauter Tschuschen!“ sagte Frau Amtsrat zu ihrer Freundin Adele und wollte seufzend in ein Stück Mohnstrudel beißen, als es abermals, nun aber sanft und bescheiden klingelte. Frau Amtsrat war jedoch schon gewitzigt und sah dieses Mal nur durch das Guckloch auf den Gang hinaus. Draußen stand ein gutaussehender Inder mit pechschwarzem Vollbart und Turban, und in seinen dunklen Augen lag eine tiefe Traurigkeit. Er wußte wohl schon, daß er dieses billige Kabinett mit Gassenaussicht niemals bekommen würde.

„Wer war's denn?“ fragte Adele mit klopfendem Herzen. Sie hatte keine Tür gehen gehört. Es mußte was Schreckliches draußen gestanden haben.

Frau Amtsrat seufzte jetzt wirklich, biß in das angefangene Stück Mohnstrudel und meinte pikiert: „Jetzt schicken s' einem sogar schon Mentschenfresser in d' Wohnung. Ich werd' mich bei der Vermittlung gehörig beschwern!“

K + M + B
IRONIMUS

Nach einer Weile ging im Vorzimmer alias Besenkammer das Telephon. Frau Amtsrat Reißfleisch sprach eine Weile. Dann kam sie strahlend und zufrieden zu Adele zurück, die ihrerseits ein neues Stück Mohnstrudel begonnen hatte und kaute. „Wer war's denn, Melanie?“ fragte Adele.

„Gott sei Dank“, sagte Frau Amtsrat, „das nette Fräulein Elfi von der Studentenvermittlung hat angerufen. In einer halben Stunde kommt ein ameriganischer Herr wegen dem Zimmer. Und stell dir vor: James Eisenhover heißt er! Ich hab natirlich fest zugesagt. Der griegt das Zimmer und kein anderer, so wahr ich die Frau Amtsrat Melanie Reißfleisch geb. Krauthaupt bin!“

Nach einer exakten halben Stunde läutete es an der Wohnungstür. Sanft, bescheiden, nicht ohne einer gewissen Distinktion. Frau Amtsrat erhob sich mit einem bärenzuckersüßen Lächeln und öffnete weit und einladend die Tür ...

Ein freundliches „Grissgoooooot!“ erstarb in ihrer amtsrätlichen Kehle.

„My name is Eisenhover“, sagte der dezent gekleidete Gentleman und trat ein. Aus seinem kohlschwarzen Gesicht blitzte ein tadelloses, freundliches Gebiß ...

„Ich kommen wegen das Zimmö ...“, sagte er.

Metamorphosen des Hofsängertums

Der alte Bäuchl ist ein findiger Bursche. Von Beruf Hof- und Gangsänger seit 1928, hat er sich immer gut gestanden, seine Kinder konnten Handelsschulen besuchen, seine Frau, der er treu und herzhaft zugetan ist, geht seit eh und je adrett und nett in den Konsum einkaufen, per Hut sozusagen, und er selbst, wenn er dienstfrei macht, ist nicht schlechter beinander als irgendein wohlhabender Gewerbetreibender vom Grund.

Bäuchl singt oder, besser gesagt, sang ein ausgezeichnetes Falsetto. In der Renaissance wäre er ein beliebter Schnulzist gewesen. Heutzutage sind aber Falsettstimmen eher komisch. Die große Masse preferiert sie eben nimmer. Na ja, Wienerlieder mit einer Kopfstimme – das ist nicht sehr erwünschenswert.

Aber eben dieses Falsett trug seit 1928 erheblich zu Bäuchls Karriere bei. Es war Mitleid, das die Leute bewog, dem kopfstimmigen Hofsänger immer besonders milde gesinnt zu sein.

„Der arme Mensch! A Stimmerl wie a Wimmerl! Ja, ja, der Weltkrieg usw.!“ Es regnete zwar keine Dukaten (die gibt es ja nicht mehr), aber jedenfalls fielen die Zehngroschenstückeln reich wie der Regen im Pflichturlaub.

Seit aber Bäuchl seinen Sechziger am Buckel hat, ging es mehr und mehr bergab. Grund dazu war, daß er an seinem 60. Geburtstag etwas über den Durst getrunken hatte und am nächsten Morgen mit einem Kontrabaß erwacht war. Da war guter Rat Mangelware!

„I gee z’ Grund, waun des so weidaged. Mei scheene Schdimm is tschäule! Singa dua r i wia r a oeda Hefm!“ meinte er eines Tages zu seinem Sohn Heribert. Heribert ist Besitzer eines gutgehenden Radiogeschäftes auf dem Neubau.

„Weißt was, Papa", sagte Heribert, „ich geb dir ein Transistorgerät auf Abzahlen. Damit modernisierst dich erstens, und zweitens bist eh schon in die Jahr, wo man sich nimmer anstrengen soll."

„Wos is 'n des wida, a Dransistagerät?" fragte Vater Bäuchl.

„No", sagte Sohn Heribert, „halt so ein tragbares Radio. A Portewö. Weißt, so einer, den was man in der Hand spieln lassn kann ..."

„Des is de beste Idee, wos d' in dein Lebn kobt host, Bua!" sagte Bäuchl.

Schön und gut, in den nächsten Wochen sah man den betagten Hofsänger mit einem Portable durch seinen Rayon ziehen. Auf den Gängen stand er wie ehedem in seinen besten Zeiten und schnurrte sein „Daunke sehr, gnä Frau! Dauk da schee, Buberl!" Jedoch die moderne Zeit stand in Gestalt eines Radiogerätes hinter ihm am Gangfensterbrettl und schmetterte künstlerisch wertvoll „Vergnügt um elf" oder „Junge Dichtung aus Österreich". Das Geschäft florierte. Bäuchl dachte gar nicht daran, besondere Programme einzuschalten. Er ließ den eingestellten Sender eben das herunterleiern, was gerade im Kasten war. Manchmal bekam er sogar für Vorträge über Kernspaltung seinen Obolus. Und darum ging es ihm ja.

Übrigens, das Geschäft ging so gut, daß der Apparat innerhalb zweier Wochen abgezahlt war.

Vorgestern traf ich den alten Bäuchl, den ich immer als einen fröhlichen, wackeren Mann gekannt hatte. Er war sichtlich müde, trug die Ringe nachtwachender Meditationen um die braunen Hirschaugen und überhörte sogar mein freundliches „Griaß Ina, Herr Beichl!" Ich lief ihm nach und klopfte ihm auf die Schulter. „Wos is, Herr Beichl, mocht Ina da neiche Dransista Muckn? Oda wüü se Ina Frau scheidn lossn?"

IRONIMUS

„Owa gengan S“, sagte Herr Bäuchl, „des Radio gingad wia r es Glekal untan Himmöbet, und mei Frau ... Wo denkn S den hin?“

„Na, owa woarum machn S den daun so a Xicht? Ma kent jo glaum, Se haum a Schdeiafoadarung iwa mindastns ochtdausnd Schüleng in Briafkastl gfuntn ...“

Herr Bäuchl wischte sich wütend über die Nase und knurrte etwas Unverständliches. Dann sagte er mit saurer Miene: „Schdeiafoadarung? Wissn S, des moachat ma iwahaubt nix. De zolad i ebm ned. Owa schdön S Ina fua: Aum Obmd, waun i ima des beste Gschäft gmocht hob, ged ma da Pöchhacker Ferdl in mein Rayon mit an drogboan Fernsehapparat umanaunda und fadiabt ma mein gaunzn Fadinst ...“

„Das is allerdings a Gemeinheit!“ sagte ich empört.

„Owa de Gemeinheid erreicht eascht ian Höhebunkt, waun i Ina sog, fo wo dea Bücha den Feanseekostn hea hod“, sagte Herr Bäuchl.

„Fon wo den?“ fragte ich, schon Grauenhaftes ahnend.

„Mei eigena Sohn, dea Mistbua, hod eam an auf Opzoen audrad. Es gibt kaa Kindesliebe mea in dera Wöd!“

Herr Morawetz motorisiert sich

„Mei Maunn is heite a Moped kauffm gaunga“, erklärte die dicke Frau Morawetz beim Greißler. „Mia sand jo no jung ole zwaa und Natuafreinde aa dazua, do rentiad se scho a so a Aunschoffung. Ma muaß, wann ma med an Moped in de freie Natua aussebledad, desshoeb no laung ka Hoebschdoaka sei.“ Der Coca-Cola-Mann, der gerade sein Kasterl hinter die Greißlerbudel stellte, sah Frau Morawetz bedeutungsvoll an und sagte:
„Na, meiner Söö, fon hoebschdoak kaun bei ana Dame wia r Ina auf goa kan Foe de Red sei!“

Frau Morawetz ist eine stattliche Endvierzigerin, hellerblondet und wiegt 97½ Kilogramm lebend, also um nur zwei Kilo mehr als ihr Gemahl, der Werkmeister Morawetz.

„No, do samma r owa gschbaund, waun Se mid Inan Hean Gemoe noch Weidlingau außegutschian wean“, sagte Frau Aasbayer mit einem giftigen Blick auf die Leibesfülle der zukünftigen Mopedistin. „Wos se de Leid ned ollas draun!!“

„No glaum S feleicht, das uns des Radl ned dadrong wiad? Do kenan S Gift drauf nema, daß ma ned zaumbrechn! Des is a Schbezialmaschin, des wos mei Oeda kauft. Und waun Se glaum, daß mia nua in Weanawoed außedan, daun haum S Ina gschnitn, liawe Frau Aasgayer.“

„Aasbayer, waun i bitn derft“, sagte Frau Aasbayer, „und des is a deidscha Nauman, waun S as no ned wissn soitn!“

„Mia wissn s ee“, erwiderte Frau Morawetz, „owa oessa ledicha haum Se jo Blbec ghaßn. Und wos des auf deitsch haßt, des wissn S jo aa!“

Damit verschwand Frau Morawetz wie eine Fregatte am Horizont von Portugal und ward erst am Sonntag um 7 Uhr früh mit Mann und Moped vor dem 114er Haus abfahrtsbereit vorgefunden.

„Aha“, rief Frau Aasbayer aus ihrem Parterrefenster, „geds oesa noch Buakaschdoaf auße? A schens Weda hets jo dawischt; hoffantlich ged se a sunzt ollas guad aus!“

„Noch Buakaschdoaf glaum S das ma foan? Daß i ned loch, Frau Aasgayer“, rief Herr Morawetz frohgelaunt und stülpte einen Sturzhelm über seine Glatze.

„Aasbayer, waun i bitn derft!“ sagte Frau Aasbayer geb. Blbec.

Herr Morawetz ließ den Motor anspringen, und seine cäsarisch füllige Gattin schob sich zärtlich an seinen Rücken heran.

„Wissen S wo ma hinfoan, Frau Aasgayer?“ sagte sie quasi als Lebewohl von ihrem roten Polster herunter. „Mia foan zun Banhans aum Semmaring auffe, owa des is nur fia de bessan Leid; unmotorisiate loßt duat da Boatjä goa ned eine!“

Das bedauernswert stöhnende Moped schrie knatternd auf und verschwand in südlicher Richtung.

*

„Heit bin i Opschlepdinzt gwesn“, erzählte Herr Zechmeister denselben Abend noch im Wirtshaus. Herr Zechmeister war eben mit seinem Lieferwagen aus Mürzzuschlag zurückgekommen und war froh, wieder ein Viertel inhalieren zu dürfen, ohne daß ihm eine weiße Maus ein scharfes „anhauchen“ entgegenzischen könnte.

„Wem haum S denn opgschlept, Zechmasta“, rief die dürre Frau Aasbayer, die mit ihrer Schwägerin am

Nebentisch saß, „fileicht goa de Morawetz fon fiatn Schdog?“

„Jo wiaso wissn S den des?“ fragte verwundert der müde Fernfahrer.

„Des how i ma scho denkt, wia de zwaa in ola Heagotsfrua wekagfoan san. A so a Moped is do schlißlich kaa Elkawee. I hob s no gwoand. Owa de in eanra Aroganz haum se jo nix sogn lossn woen. Recht gschiacht eana ...“

„Hinta Gloggnitz hob i den bladn Morawetz weinend am Straßnrande nem seina zaumbrochanan Schluafraketn aufglaubt. Bassiad is eam jo nix gwesn, owa sei Mopal is eam untan Olaweatastn eigaunga wia r a söwabastlts Schdokal.“

„No und sii, wos hod sie gsogt, de Morawetzin“, heischte Frau Aasbayer schadenfroh zu wissen.

„Sii? Si how e goa ned gseng!“ gab Herr Zechmeister zu Protokoll. „Sie hod a nemlich scho in Altmannsdoaf faluan, hod s owa ned bemeakt und is alanech weida. Deshoeb is a r aa bis Gloggnitz kuma ...“

„Wiasoo?“ wollte Frau Aasbayer wissen.

„Wäu, waun a sei Oede weida draufghobt hed, daun waa r a nidamoe bis Neischdod einekuma!“

Herr Adamek schreibt einen Bestseller

„Wos is denn mit Ihna los?“ rief Herr Schmalzberger Herrn Adamek zu, den er zufällig am Postamt traf. Herr Adamek war gerade dabei, ein riesengroßes Kuvert nach Deutschland aufzugeben.

„85 Schilling vierzig“, sagte die Schalterbeamtin und begann inzwischen eine ganze Markensammlung abzuschlecken ...

„No seawass“, entfuhr es Herrn Schmalzberger, „dea Briaf kumd Ihna owa saudeia. Waun S des a boa Wochn so weida mochn, daun san Ihnare Easchboanisse boed bein Deife!“

„Des is da fiate in dera Wochn“, sagte Herr Adamek stolz, „owa di Soche wiad se rentian ...“

Herr Schmalzberger verlor fast seinen Zwicker, den er als altmodischer Mensch nicht lassen mochte.

„Wiasoo wiad se des rentian? An Eabonkl kann ma doch aa an glanan Briaf schickn ...“

„Eabonkl? Wiasoo? I hob kan Eabonkl, und auf ein Ableben dadert i meiner Seel aa ned woatn!“

„Erklärn S ma des“, sagte Herr Schmalzberger, „wia sich dos rentian wiad. A Briaf viermal zu 85 Schilling vierzig abgeschickt, das san nach Adamek Riese 341 Schilling sechzig. Tan S dos an Monat laung, Herr Adamek!“

„Hean S amoe zua!“

„I hea schon, Herr Adamek ...“

„Haben Sie schon einmal von der Franzoise Sagan gehört?“

„Jo freilich, des is doch die Rennspurtlerin, net woa?“

„Sehn S as, die haut olle damlaung einen neuen Jaguar zaum. Und ich werd das auch bald machn, Herr Schmalzberger.“

Schmalzberger sah Adamek an, als hätte dieser bereits das achte Viertel hinter seinem schottisch karierten Wollschal ...

„I versteh Ihner net recht", sagte er etwas verwirrt, „wieso wolln S denn unbedingt aa ein Rennfahrer werdn?"

„Sie wissn", sagte Adamek leutselig, „daß besagte Franzoise Sagan auch eine begnadete Dichterin ist. Eine Dichterin, wohlgemerkt! No, und do schreibt sie einen Best-Seller um den aundern, schwimmt deshalb auch immer im Geld und kann sich einen Wagen um den andern kaufen oder zammhaun ..."

„Was ist denn das wieder, ein Bestsella?" fragte der altmodische Herr Schmalzberger.

„Des is Englisch! Best ist best, genau wia bei uns! Seller aber haßt Verkeiffa, owa dafua iss aa Englisch ... Dos Gaunze haßt ebm: A Buach, dos was ununtabrochn vakaufft wird. Do vergeht kaa Minutn, wo net ana in d' Buachhaundlung einikommt und sagt: ‚Bonschuua Dristeß, bittscheen!' Und da Vakeiffa, waun a r aa net Englisch kann, versteht eahm drotzdem. Des is dann a Bestseller!"

Herr Schmalzberger war beeindruckt.

„Owa, wos hot dos ollers mit Ihnere Briefe zu tun, Herr Adamek?" wagte er einzuwenden.

Adamek nahm die Miene eines gütigen Lehrkörpers an und legte Schmalzberger seine Rechte auf die Schulter.

„Ich schreib einen Roman und schick ihn in Fortsetzungen nach Westdeitschland an einen berühmten Verlag. Wann der Roman herauskommt, dann werden bestimmt 50 000 Stück im Monat davon weggehn. Werden S' schon noch derleben, Herr Schmalzbauer ..."

„Ja, aber ich hab glaubt, Sie wärn als Lohnbuchhalter bei der Firma Malterer und Söhne so beschäftigt, daß Sie für sowas gar keine Zeit hättn? Wie kann Ihner denn da soviel einfalln?"

„Mir fliegen die Gedanken unter der Arbeit nur so zu", sagte Herr Adamek ... „Sehng Sie, der Roman geht so: ‚Ein verheirateter Mann suacht eines morgends sein Sockn. Einer is ja da, aber der zweite is wek. Wo is mei Seckl, schreid a. I waß ned, sagt seine Frau. Er wird fuxteifelswild. Mein Seckl will ich ham, schreid er seine arme Frau an. Die aber hat keine Ahnung und kann ihm net helfen. No, und so gehts weiter und schließlich laßt er sich von ihr scheiden und sie ziagt zu ihrer Muatter. Wie's jetzt aber Winter wird, da holt er seine Gatjehosen, wissn S, die langen, wieder ausn Kasten und ... der verlorne Sockn steckt in der einen Hosnhaxn! Jetzt sieht er, was er fia r a Unrecht begangen hat ...'"

„Ja, und was is dann?" fragte Herr Schmalzberger, als Herr Adamek nicht mehr fortfuhr.

„Bled werd i sein, das ich Iner mein ganzen Roman derzähl ... Ich schreib ja einen Bestseller, und den solln auch Sie kaufen, lieber Herr Schmalzberger."

„Gehns sans net so eklhaft, Adamek, ich hab Ihner doch im vorigen Winter meine Fatschn für Ihnere Krampfadern burgt, gehns sans fesch und erzählns weita."

„Schauns, i derf jo goa net. Ich hab mit eina der größten deitschen Illustrierten ein Voaabdrugsverdrag, die easten zwaa Fortsetzungen san schon erschinen und i derf net verraten, wie's weitageht."

„Schauns wos i do hob, Adamek! A Flascherl Slibo, no zua halbscheid voll, nau wos is?"

„Se setzn ma es Messer an de Brust, Herr Schmalzbauer", stöhnte der Gemarterte auf. „Oba i kann Ihnen beim besten Willen net sagn, wias weidageht. I was nemli söwa no net."

Keine Zeit für Twrdik-Rosen

Der November hat einen harten Asphalt nach Wien gebracht. Die Bäume spiegeln sich am frühen Morgen fast in der feinen Reifschicht der Straßen, und kein Vogel singt. Die Nahrungssorgen der Gefiederten haben im Zuge des Herbstes sowie der Modernisierung unserer Stadt sonderlich zugenommen.

Herr Vogelsang geht in diesen kalten Morgen jedenfalls immer mit frischem Mut und einem kleinen Wagerl los, kehrt jedoch alle Abende niedergeschlagen und todmüde in sein trautes Heim zurück. Das Wagerl ist leer, seine ermattete Hand wirft unmutig ein Mistschauferl hinter den Hausfreundofen, in seinen Augen schimmert es verdächtig.

„Wieder nix!“ sagt er zu seiner Frau Mali. „Mit Benzinfleck kann man kane Rosen überwintern lassen!“

„Jo, jo“, meint seine bessere Hälfte, „es is jetzer recht schiach draußten, und Winter wirds aa bald. Früher war das halt noch was anders. Da wars a reines Vergnügen, Rosen zu zichten. Aber heutzutag ...“

Sie seufzt aus tiefster Seele und richtet ihm das Nachtmahl her. Geröstete Semmelknödel mit Kelch. Wohl bekomms! Ja! man hat's nicht leicht, aber leicht hat's einen! Wie wird das Ehepaar Vogelsang seine prachtvollen Schrebergartenrosen über diesen dräuenden Eiswinter hinwegbringen? „Knödeln“, sagt Herr Vogelsang, „sind leicht gemacht, aber schwer gfuntn. Wann das so weitergeht, dann bleibt uns nix anders übrich, als daß mir a ganze Kohlnkistn voller Semmelknödeln wutzeln, hart werden lassen und alser zerhackter zum Einpakken von die Rosen nehmen. I weiß mir, meiner Seel, kan andern Rat mehr, Mali!“

„So an Bledsinn, was da redn tust", sagt Frau Mali, „was du allers heut herausbringst. I glaub, unser Unglück is dir schon in Kopf gstiegen. Mit an gewöhnlichen Semmelknödel kannst du dir niemals die Rosen vor der Kälten schützen. Roßknödeln brauchst. Die haben die richtigen Kalorien für die zarten Kinder der Natur ..."

Herr Vogelsang schiebt mißmutig den halbgeleerten Teller von sich weg. Er steht auf und geht mit langen Schritten durch die kurze Küche. Die Fäuste verkrampfen sich in den Taschen seiner abgeschabten Schnürlsamthose. Er sieht aus wie einer, dem seine mühsam hochgearbeitete Maßschneiderei vor dem Zusperren steht.

„Mali", sagt er mit schlecht verdrückter Wehmut, „die fortschreitende Motorisierung ist der Rosen Tod. Ich hab heut dreieinhalb Bezirk nach Roßknödeln abgsucht, aber glaubst, daß ich ein einzigs gfuntn hätt? Sogar die Hund scheinen s schon von der Gassen vertrieben zu haben. Schau dir unser Roßknödelschäuferl an: Direkt s Nachtmahl könnt man davon aberessen, so sauber und appetitlich is es noch. Benzinflecken, ja, aber a Roßknöderl? Und jetzer is s schon Mitte November. Ich glaub, die blaßroten Oberinspektor-Twrdik-Gewächse sind uns eh schon eingangen. Wo kein Roßmist, da keine Oberinspektorrosen! Jawohl! Das steht schon im Jahrgang 27 vom Fachblatt für Kleingärtner & Rosenväter!"

Herr Vogelsang geht zu dem weggeschobenen halbvollen Teller und schüttet die restlichen Knödel in den fallengelassenen Erdäpfelsack. Dann läßt er sich auf das dunkelrote Sofa fallen und zieht die bestickten Hausschuhe an.

„Willst jetzt wirklich die Rosen mit meine guten Semmelknödeln einpacken, du Patschachter?" fragt Frau Mali ihren erschöpften Ehemann, „ich glaub, dich hats

heute anständig derwischt. Aber ich kanns verstehn: ich hab sie ja auch lieb, unsere schönen Rosen. Nein, nein, nein. Aber ich sag nur immer wieder: Die Automobiler und die Motorradler zerstören die ganze Rosenzucht in Wien!“

Herr Vogelsang erhebt sich plötzlich. Er scheint mit einemmal eine einleuchtende Idee zu haben.

„Weißt, Mali, was ich morgen machen werde?“ sagt er freudig erregt.

„No, was, Franzerl?“ will Frau Mali wissen.

„Ich werd in die Hofstallungen gehn und den Herrn Owerst bitten, daß er mir die gütige Erlaubnis gibt, daß ich von denen Lipizzanerhengsten ihnern Abfall etwas haben dürfert!“

„Da wären wir ja gerettet!“ sagt Frau Mali.

Aber dann versinkt der geplagte Rosenüberwinterungsingenieur wieder in dumpfes Brüten.

„Was hast denn jetzer schon wieder? Bist vielleicht mit die Herrn von die Lipizzaner bös oder sinds etwar auf dich bös?“

„Du“, meint Herr Vogelsang, „was meinst? Am End sind die Lipizzaner in der Hofburg heute gar keine richtigen mehr, sondern benzinbetriebene Fälschungen, die irgendeine teiflische Natur zur Vernichtung der letzten Rosen ersonnen hat!“

Vom Winde verweht

Ein jäher Windstoß trieb eine Wagenladung gefallener Blätter durch die Gasse und umwirbelte das Ehepaar Hlawa, das gemächlich, doch mit einer gemeinsamen Melancholie verbunden, den altgewohnten Samstagspaziergang ins Liebhartstal machte. Ja, früher! Da war noch was los. Ein Einkehrgasthof um den andern. Aber heut! Alles, wie im Angsttraum eines alten Weinbeißers, mit Planken vernagelt!

Herr Hlawa sah auf die Kronen der kahlen Bäume und seufzte tief. Aus dem nahen Park des Wilhelminenschlosses stieg ein Schwarm schwarzer Krähen hoch und verlor sich lärmend in der sinistren Gegend des Ottakringer Friedhofes. Er war traurig, traurig, traurig.

„Herbst is's und Winter wird's aa bald sein ..."

„Ja, Weihnachten", antwortete Frau Hlawa, „und die Liesl wird trotzdem net kommen, weil s ihr ‚Durnee' net unterbrechen derf ..."

„Und da sitzt s draußten in Hamburg oder bei die goscherten Berliner und muaß ihr Sonntagsschnitzl mit Himbeersaft essen. Kaa Wunder, daß dabei von Gewicht fallt wie a indischer Hungerkinstler ... Ja, ja, und zu sowas hat ma r a Madl ganze siebzehn Jahr aufzogen, aufpaßt vor die Kinderverzahrer wie a Haftlmacher und allers tan, was elternmöglich ist ..."

„Und zu was?" murrte Herr Hlawa, ein verdienter Verschubmeister der Bundesbahn. „Zu was, möcht i fragen?" Er fuhr zornig auf. „Zu nix anders, als daß s jetzt bei die Mamaladinger eahnare bledn Danz durch'n Radio quietscht!"

„Fesch is ja, unser Madl ...", sagte Frau Hlawa, „aber ihr Singerei gfallt ma halt gar nicht! Aber du bist ja so von derer Idee begeistert gwesn, du alter Gsangsvereinsnarr. Warum hast ihr denn a die Einwilligung geben? I hätt's nie zugeben, daß s als Schlagersängerin auftreten darf. I net!!"

„I was's, i hab an Bledsinn gmacht", sagte Herr Leo Hlawa kleinlaut und lüftete seinen heißgewordenen Hut, „was mich aber am meisten fuxt", setzte er fort, „is, daß das narrische Mensch unsern ehrlichen Namen nimmer guat gnua gfunten hat und sie umtaufen lassen hat! Patricia Lynn! Ha, das i ned loch!"

„I kenntert den Dr. Faulhaber von derer depperten Schallplattenfirma was am Schedl haun!" pfauchte Frau Hlawa.

„Na ja, den Namen hat s ja selber ausgsucht, Ottilie", verteidigte Herr Hlawa den Dr. Faulhaber, „da kann der arme Faulhaber wirklich nix dafür ..."

Sie stiegen eine Weile schweigend bergan.

„Warum redst denn nix auf einmal", wollte Herr Hlawa endlich von seiner Frau wissen.

„Weilst kan Charakter hast: Von aner Manung fallst in d' andere ..."

„Und warum, mecht i wissn?"

„Weilst jetzer umschlogst wie der Wind und zu dem lausigen Faulhaber haltst, der uns die ganze Gschicht einbrockt hat mit ihrer Singerei. Der Herr ist dir halt sympathisch, gelt, weil er mit dir immer zun Heirichen außegutschiert. Per Auto, ganz herrschaftlich, gelt! Der halt di ja eh nur am Schmee. Einkocht hat er di, daß d es wast!"

„Schau, Otti", sagte Herr Hlawa, „der Faulhaber ist der anzige, auf den si aner verlassen kann. Ein solider Mensch, i glaub, unser Liesl bedeit ihm net wenig!"

„Schön wär's ja", seufzte Frau Hlawa, „aber wer weiß, was noch kommt? Da draußen bei die Pieffke gengern die Mädchenhändler und Autobahnmörder umernan-

IRONIMUS

der wie bei uns die Bretzlbuam, und der Dokter is in Wean recht weit vom Schuß. Der kentert ihr aa net helfen, wann s' aner verzaht ..."

„Mal net den Teifl an d' Wand, Ottilie!" preßte Herr Hlawa heraus. Er fühlte sich mit einem Male herbstlicher als zuvor. Eine Stunde später kamen sie endlich an ein offenes Weinhaus. Eine Musikbox stand in der ziemlich verödeten Gaststube. Es waren wenig Gäste da, und anstatt eines echten Ottakringers schenkte man einen falschen Brünnerstraßler aus.

„Geh, Leo", bat Frau Hlawa nach dem ersten Achterl, „laß was auf derer Orgl spieln, damit ma r auf andere Gedanken kommen. Suach was Schöns aus!"

Herr Hlawa erhob sich und warf seinen alten Aluminiumschilling in den gefräßigen Schlitz. Die magische Musikmaschinerie begann träumerisch zu flöten:

„Ein bißchen Amore zu zwein ..."

„Eigentlich", sagte Frau Ottilie Hlawa, „singt s ja eh gar net so schlecht, unser Patricia ..."

„Wie könnt s denn aa schon a schlechte Stimm mitkriegt haben", nickte Herr Hlawa versonnen, „wo i do schon seit siebzehn Jahrln Obmann von unsern Männergesangsverein bin ..."

Höllenangst und hohe Herren

Auf dem Dachboden steht eine umheimliche Kiste mit einem Patentschloß dran, das nur der Herr Höllriegl aufriegeln kann. Anfangs Dezember, seit 21 Jahren schon, geht besagter Herr Höllriegl immer zur Hausmeisterin, um den Bodenschlüssel zu verlangen.

„Frau Gerstl, den Bodenschlüssel, bittschön ..."

Frau Gerstl weiß, was das um diese Zeit bedeutet, und lächelt vorweihnachtlich.

„Aha, es is eh schon höchste Zeit. Heut wird ganz Erdberg wieder amal den Allerwertesten in der Ziehung haben, wann Sie durch die Gegend sausen!"

Herr Höllriegl grinst mephistophelisch und läßt den goldenen Bodenschlüsselring um den Zeigefinger kreisen:

„Wissen S, Frau Gerstl, seit 21 Jahren spiel ich jetzer in Erdberg den Krampers, aber es fircht se eh kaner mehr vor mir. Oberhaupt, bei die jungen Halbstarken, die haben mich vorigs Jahr mit eahnare Schlurfraketen umscheiben wollen. Gar kan Respekt haben s mehr, die Strawanzer ..."

„Ja", wollte Frau Gerstl wissen, „wolln S denn in an andern Bezirk kramperln gehn?"

„I bin a moderner Mensch", verkündet Herr Höllriegl, „und werd heuer deshalb nach Schwechat am Flugplatz außefahrn. Das is mein neues höllisches Rayon!"

Frau Gerstl staunt nicht schlecht. „Am Flugplatz wolln S auße? Aha, jetzt weiß ich auch warum ... Da werden S sicher die Stewardesserln von der AUA durchwichsen wolln. Sie san mir schon der richtige Hallodri! Aber wie wolln S denn da mit Ihnerer Maschkerad überhaupt eine?"

„I *kumm* eine!“ sagt Herr Höllriegl satanisch überlegen und steigt die vier Stock hoch, um seine Krampussachen aus der Kiste zu holen.

Nachdem Herr Höllriegl die Umzäunung im Schutze des frühen Abends umstiegen hat, kommt ein Gepäckwagerl angerollt. Wissen S, so ein elektrisches, was s auf die Flugplätz haben, wo s damit umernanderkutschiern tun, wann so ein Düsenflugzeug aus Kopenhagen, vom Nordpol oder aus Bagdad angflogen kommt. Auf dieses Elektrowagerl hängt sich also der schwarze Rawutzel unbemerkt an.

Da kommt auch schon ein stahlgrauer Vogel, wie man immer so schön sagt, der MEA vom Typ Super Viscount durch den schneeschweren Äther, sucht nicht viel und setzt mit orientalischer Noblesse auf die Landebahn auf. Die Treppe wird von emsigen Händen angeschoben, heraus steigt eiligst Herr Ing. Smejkal, der in Beirut geschäftlich zu tun gehabt hat. Die Aktentaschen unterm Arm setzt er sich in Bewegung, sieht plötzlich den höllischen Höllriegl in teuflischer Gala am Elektrowagerl hocken und denkt: Also das ist wieder so eine Idee von die Österreicher. Überall bauen sie ihnere Volkskunst ein. Alles für den Fremdenverkehr!

Er geht weiter und ist ungehalten, daß trotz aller Volkskunst noch kein Helikopterverkehr mit der Inneren Stadt besteht. Er hats halt immer so gnädig ...

Dann aber erscheint der Scheich von Bêt el-Má, ein kriegerischer Potentat, im Burnus, und verläßt mit Würde die Maschine. Umgeben von seiner säbelbewaffneten Leibwache flattert sein schwarzblauer Prophetenbart im Abendwind des Aerodroms. Aus der Dunkelheit lösen sich Photoreporter und Herren, die zur Begrüßung schulenglische Phrasen dreschen. Das ist Höllriegls großer Moment. A Sprung und a Schraa ... und eine in das unaufhörliche Gefecht der Blitzlichter!

Seiner Brust entringen sich alpine Urlaute, und kettenrasselnd tanzt er vor der Adlernase des gewaltigen Stammesfürsten auf und ab.

„Kannst du auch beten?“ brummt er nach altehrwürdiger Tradition.

Die Herren von der Begrüßungsschwadron verlieren die wohlgesetzten Worte hinterm Augenzahn, der Scheich stürzt wie vom Donner gerührt zu Boden, die Leibwache versteckt sich unter den Röcken der Stewardessen, und die Szene wird zu einem Zähneklappern, das man bis Fischamend hören kann.

Der Scheitan der Dschehennah entfahren!

„Wie ham Sie denn diesen groben Unfug überhaupt anstellen können“, sagte eine halbe Stunde später Polizeiinspektor Twrdik zu Höllriegl, „Sie, ein erwachsener Vater und Mensch von verheiratte Kinder? Aber das kommt davon, wann ma sichs vorher net überlegt, was ma tut. Wegen Ihner müssen mir jetzt alle einrucken!“

„Wieso einrücken?“ fragte Herr Höllriegl erstaunt. „Mir zwa san do schon iwa die Sechzk!“

„Sie wissn wahrscheinlich noch net, daß uns der Scheich von Bêt el-Má in Krieg erklärt hat ...“ Er sah nach der Uhr. „Genau vor zehnerhalb Minuten ...“

Herr Athanasius Höllriegl lächelte geringschätzig.

„Der Tschusch im Nachthemd? Wissn S was? Dem schicken wir halt ein Battlon Zwetschkenkrampers entgegen und schlagen ihm bei Oberpullendorf aufs Haupt, wann er sich unterstehn sollt, wie der Kara Mustafa gegen Wien anzrucken!“

Herr Quarglschmitt will nicht in den Ring

Herr Quarglschmitt ist als starker Mann bekannt. Seine Kräfte haben in der Gasse, wo er wohnt, schon seit Jahren eine Legende geschaffen, und man kann sagen, sie sind sprichwörtlich geworden. Nicht nur, daß er zu Weihnachten oder zu anderen Festivitäten Nüsse in der Armbeuge zerknackt, ja er ist es im Stande, mit der flachen Hand einen fliegenden Kopfpolster entzwei zu schlagen. Seit frühester Jugend, was schon einige Zeit her ist, hat er diese athletischen Stückerln trainiert. Er ist sich seiner Sagenhaftigkeit wohl bewußt und geht deshalb im Sommer nur im Ruderleiberl aus. Man nennt ihn nur den „starken Quarglschmitt".

Herr Quarglschmitt ist verheiratet. Seine Frau Ingrid, ein zartes Persönchen, paßt zu ihm wie ein Stecktücherl.

„Alois", flötete vergangenen Samstag Frau Ingrid und schmiegte sich an den Prachtmuskel seines linken Athletenarms, „Alois, in der Stadthalle ist heut' wieder ein Freistilringkampf. Weißt du, die ganzen tepperten Kinostückeln sind net halbert so lustig, wie so eine Rafferei von die Armitschkerln, die was sich starke Männer schimpfen. Du weißt gar net, wie stolz ich auf dich immer bin, wann i mit dir dort sitz und mir vorstellen kann, daß mein eigener Mann die ganzen Kascherln da droben ausn Gwand beidln könntert, wann er 's wollt!"

Herr Quarglschmitt lachte geschmeichelt. Selbstverständlich hatte er für die Herrn Freistilringer nur die gerechte Verachtung des wirklich starken Mannes.

Herr Quarglschmitt ist ein guter Verdiener und saß deshalb in der ersten Reihe der Arena und wartete mit Frau Ingrid der kommenden Kämpfe.

„Uijee", rief Ingrid, „schau dir's an, die Haserl, die zwei. Die zerlegerst ja wie a Spielereieisenbahn, wannsd die zwischen die Finger kriegerst."

Altmeister Fredi Flaschütz, ein finsterblickender Berserker mit schwarzem Vollbart, der den ersten Kampf gegen Charles de Rochefort, Frankreich, bestritt, hörte die gekicherte und nicht allzu stille Bemerkung, und da er ausgezeichnet Deutsch versteht, blickte er giftig wie E605 auf das Ehepaar hinunter und ließ dabei seine geballten Muskeln wie mittelgroße Adamsäpfel durch seine athletische Gestalt rollen.

„Schau", sagte Frau Ingrid, „siehgst es, wie er auf uns schaut. Als ob er uns fressen mechtert."

Herr Quarglschmitt zog seine weißen Manschetten, sie waren etwas zu kurz geraten, aus den Ärmeln nach vorne.

„A so was, wie der is, schmier i mir zum Gabelfrühstück aufs Schmalzbrot. Fett wär er ja gnua, aber a Kraft, a Kraft? Schau amal hin, wie wech er schon dasteht! Der Franzos neben ihm is genau die selbe Typen. Nur a bißl verhutzelter."

Der große Charles de Rochefort, ein sogenannter schöner Bursche mit pomadisiertem Haar, sprang mit einem flackernden Blick in Richtung Quarglschmitt.

„Bleder Rotzbua", rief er über den Ring, „waunst di oes Jass aufschbün wüst, daun kumm auffa. Auf de Goscherten, wias du ana bist, schdee i schon laung! I reiß da d' Uawaschln aus und schdopf das in d' Nosnlecha, daß de Suppm hean kaunst, wos da dei Oede aubrent hod."

„Hast sowas schon ghört", rief Frau Ingrid Quarglschmitt empört aus, „i laß die Suppen anbrennen, und dir will er d' Ohrwaschln ausreißen, der Rotzer! Alois, ziag dir en Rock aus und beidl ihm ausn Trikot."

IRONIMUS

Die Leute waren aufmerksam geworden und witterten eine Sensation, eine willkommene Auffrischung des ringerlichen Einerleis.

Herr Quarglschmitt jedoch zog keinesfalls sein Sakko aus, sondern blieb sauer lächelnd auf seinem Platz sitzen. Seine Frau wurde vor Enttäuschung um einiges noch zarter und blumenhafter, ihre frische Frisur schien sogar zu welken.

„Alois, was is mit dir? I kenn di net, hast vielleicht gar a Angst vor dem verhutzelten Halbpariser?"

„Gemma", sagte Herr Alois und zog seine Frau durch das johlende Publikum, „waun di glauben, i raff mi ohne Gasch mit an Schwindler, daun ham sie sich gschnittn. Der pomadisierte Kerl is ja gar ka Franzos! Wann a Kampf, dann muß schon a ehrlicher sein. Aber mit so an Hochstapler stell i mi net hin!"

Für Frau Ingrid ist eine Welt zusammengebrochen. Sie brennt die Suppe jetzt wirklich an. Früher gab es sowas nicht. Ja, und wie ich gehört habe, so schwindet Herrn Quarglschmitts sagenhafte Kraft allmählich dahin, denn jeder Arzt wird Ihnen sagen, daß man Nüsse in der Armbeuge nur dann zerknacken kann, wenn man eine schmackhafte Kost inhaliert.

Bruderkrieg im Hause Vocasek

Es war gegen sieben Uhr abends, Herr Vocasek tummelte sich mit dem Gschirrabwaschen, denn seine Frau Gemahlin würde um neun aus Gramatneusiedl zurückkommen, wo sie drei Tage bei ihrer verheirateten Tochter geweilt hatte. Ein Matterhorn aus Häferln und Tellern türmte sich bereits presto-omo-sil-glänzend auf dem Kuchltisch der netten, kleinen Gemeindewohnung. Herr Archimedes Vocasek, ein fleißiger Gaskassier, ist absolut kein Freund des Geschirrwaschens, aber aus Respekt vor seiner Frau hatte er sich ein Herz genommen, und bald war alles blitzblank und hätte jedem Dienstmädchen Ehre gemacht ...

In diesem Augenblick der Ehre schrillte die Glocke der Wohnungstüre. Herr Vocasek wischte seine nassen Hände am Schürzchen trocken und öffnete. Draußen stand ein mantelloser, etwa zwanzigjähriger Herr mit akademischer Aktentasche. Während er mit stark nördlichem Akzent allerhand von der Notlage des heutigen Studenten hervorsprudelte, drang er forsch in die Wohnküche ein und setzte darin seine begonnene Rede fort.

Herr Vocasek hatte bis jetzt noch kein Wort hervorgebracht, denn dazu ließ ihm der intelligente junge Mann keine Zeit, aber es waren ihm inzwischen einige Bedenken eingeschossen: Man liest ja heutzutag so häufig in der Zeitung von Raubmördern, die in den Abendstunden friedliche Hausväter überfallen, mit mindestens dreißig Schilling abziehen, um drei Tage später in irgendeinem lasterhaften Nachtklub aufgegriffen zu werden, wo sie ihre Beute sinnlos verjubeln ...

Wann man doch nur aus der wohlgesetzten Red' dieses jungen Herrn klug werden könnt. Deutsch werden s' nie lernen, die Piefkineser ... Notlage, Vaterland, Studentenfürsorg', Examen ...

„Wos woin S' denn eigentlich?" wagte endlich Herr Archimedes Vocasek einzuwerfen.

„Die Sache ist nun die", versuchte der junge Herr zu erklären, „Sie selbst, Herr Fotzásek, könnten unsere Notlage lindern, indem Sie bei mir die hochinteressante, aktuelle Bildzeitschrift ‚Die bunte Woche', sagen wir vorerst für ein Jahr, abonnieren. Unsere Zeitschrift bringt alles, was Sie, Herr Fotzásek, und Ihre werte Familie interessiert: Politik, Film, Fernsehen, Berichte über Sorayas, Königinnen, Schahs ..."

Grrrrrr! Ein neuer Glockenalarm unterbrach den Wortschwall des notliegenden Studenten. Herr Vocasek öffnete. Abermals stand ein junger Mann mit akademischer Ledertasche draußen.

„Guten Abend! Herr Archimedes Fotzásek persönlich, wenn ich nicht irre?" Herr Vocasek nickte verwirrt.

„Die drückende Notlage der Studierenden unseres österreichischen Vaterlandes", begann der Neue, „wird Ihnen, verehrtester Herr Fotzásek, nicht unbekannt geblieben sein. Nun ist die Sache diese: Ich bin Auslandsösterreicher und studiere in Wien Medizin. Wenn ich nun für meine Werbetätigkeit hundert Punkte sammeln kann ..."

„Song S', woin Se fileicht aa a Zeidung aubringa", warf Herr Vocasek erschöpft ein, „dea Hea, wos duat schded, is nemlich a Koleg fon Ina ..."

Der neue Student öffnete seine Aktentasche und entnahm ihr eine Illustrierte.

„Ich bringe Ihnen die hochaktuelle, hochinteressante Bildzeitschrift ‚Das bunte Blatt', die einzige Bildzeitschrift, die heute eine Auflage ..."

Der Erstgekommene legte plötzlich seine Aktentasche weg und kam langsam auf seinen Konkurrenten zu.

„Mensch“, schrie er, „Mensch, hau bloß ab oder ick schlaje dir mang die Oojen, det dir die Studierbrille int Gesäß rutscht!“

„Na denn man los!“ knurrte der zweite, „schlach mir doch, du Anjeba ...“

Dabei nahm er die Brille ab, gab sie Herrn Vocasek in die staunende Hand und führte stante pede das aus, was ihm der andere angedroht hatte. Dieser erhob sich keuchend aus dem Scherbenhaufen, ein solcher war nun Herrn Vocaseks Geschirrberg, erwischte einen tropfnassen Nudelwalker und schleuderte ihn mit der Kraft einer nordischen Vorzeit nach seinem Widerpart. Das Geschoß traf die Wand, durchschlug sie wie Papier und fiel in die Küche der Witwe Haberzettel von nebenan. Der junge Herr vom „Bunten Blatt“, nicht faul, drang hinwieder mit der Fleischmaschine auf seinen Gegner wacker ein, warf sie und ... das mörderische Instrument flog wie ein führerloser Düsenbomber durch die Zimmertür, bohrte sich in die Wand zur Straße durch und schaut seither aus dem schönen Sportmosaik in der Dr.-Leopold-Svitil-Gasse aus der Ferse eines Fußballers heraus. Kurzum, die beiden schlugen Herrn Vocaseks kleine, aber nette Küche kurz und klein. Alles, was in dieser denkwürdigen Bataille heil blieb, waren zwei Bildzeitschriften: „Die bunte Woche“ und „Das bunte Blatt“. Die lagen friedlich nebeneinander, nachdem die beiden Berserker von einem schnaubenden Überfallkommando abgeführt worden waren. Es war halb neun, und Herr Vocasek konnte nicht verstehen, weshalb die zwei so verfeindet gewesen waren. In beiden Zeitschriften stand das gleiche, waren dieselben Bilder, ja man hätte die eine mit der anderen verwechseln können.

„Wos sog i: de Schdudentna san scho olawäu Nario gwesn", seufzte Herr Vocasek trübsinnig, „owa wia sol i des jetzt meina Göttagattin beibringa, waun s in ana hoebm Schdund zruck kumd?"

Keine Hosen für Helmtrude

„Nein“, rief Frau Dr. Mislivec, „so was kommt gar nicht in Frage. Das Ding mußt du heut’ noch zurücktragen. Das müssen sie dir umtauschen. Ich geh’ selber mit dir. Wann unser Vati das erfährt, ist er außer sich. Nein, nein!“

Damit stieg sie vom Stockerl, das sie erstiegen hatte, um den Adventskranz anzubringen.

„Aber Mutti“, wagte die siebzehnjährige Helmtrude aufzumucken, „die Hinterleitner Reserl tragt genau solche Hosen schon seit drei Jahrn in die Schul, und nicht einmal unsre Frau Direktor hat was dagegen. Die ist eine ganz Moderne! Besser lange Hosen im Winter, als gfrorne Wadeln, hat s’ gsagt, die Frau Dr. Slama ...“

„Was habts denn da für ein Geheimnis?“ sagte Dr. phil. Ortwin Mislivec, ein bedeutender Germanist.

Frau Mislivec wurde verlegen. Auf dem Tisch lag die ausgepackte Hose Helmtrudens, chic, eng und blaugrün gestreift. Der Herr Dr. phil. wischte an seiner Hornbrille, setzte sie mit pedantischem Schwung auf und trat an die bewußte Textilie.

„Aha, habts ihr dem Gerold eine neue Hosen gekauft? Aber die zieht er mir erst nach der Julbescherung an, der Reißteufl ...“

Er besah das fatale Beinkleid etwas eingehender und wurde plötzlich stutzig.

„Sag mal, Ilse, was ist dir denn da eingfallen? Soll mein Sohn vielleicht gar mit dieser Bukiwukihosen ausgehn? Blau-grün gstreift wie ein Streifling, nein, Sträfling wollt ich sagen ... Nein, nein, das geht zurück! Habts ihr noch den Zettel?“

„Ja, Vati“, tummelte sich Frau Ilse, „selbstverständlich. Aber es war so ein schlechtes Licht im Geschäft. Mir ist das ...“

Helmtrude begann fürchterlich zu weinen und warf sich auf die Kaukasischnußcouch, die unter dem wunderschönen Ölbild mit dem winterlichen Gosausee steht.

Dr. phil. Mislivec nahm seine Hornbrille befremdet ab und setzte sie wieder auf. Er räusperte sich wie ein Oberleutnant beim Rapport und trat abermals zur Hose.

„Ja, da hört sich doch manches auf", jappte er empört, „das ist ja so eine Weiberhose, wie sie jetzt die Halbstarken tragen!!"

„Aber, Ortwin ...", wollte Frau Ilse einwenden, doch der Herr Doktor phil. tat sie mit einer kurzen Handbewegung ab.

„Liebe Frau", sagte er, „du wirst mir doch nicht einreden wollen, daß das eine Bubenhose ist. Soviel versteh sogar ich von der Mode, obgleich mich derartiger Firlefanz absolut nicht interessiert. Die ist doch vorne zugenäht ... oder nicht?!"

„Ich will auch eine Hose", heulte Helmtrude und schlug verzweifelt mit den Fäusten die innozente Couch, „die Reserl vom Dr. Hinterleitner hat die ihrige schon fast drei Jahr, und ich muß im Winter mit weiße Wollstrümpf umrennen ..."

„Jetzt schlägts aber dreizehn!" schrie Dr. phil. Ortwin Mislivec und packte die Hose wütend und eigenhändig in das beiliegende Packpapier ein. „Wenn ihr mir jetzt noch mit diesem artfremden Hinterleitner kommts, dann ist mit mir nichts mehr zu wollen. Diesen Hinterleitner hab ich schon während meiner Studienzeit nicht riechen können! Dieser Surrealist! Einen Picasso, sagen sie, soll er zu Haus im Vorzimmer hängen haben, und für einen ‚echten' Schagerl, oder wie der Dings da heißt, hat er 5000 Schilling zahlt. Englische Zigaretten tut er rauchen, als ob ihm die Donau zu schlecht wären, der Narr! Schön und gut, das ist alles seine Sache, mich geht es nichts an, aber daß seine halbstarken Sprößlinge meine eigenen Kinder schon derartig beeinflussen, das werd ich ab heute ein für allemal abstellen!"

Er griff in die Brusttasche und entnahm ihr vier rosenrote Straßenbahnfahrscheine.

„So, da sind vier Vorverkaufsfahrschein, den Kaufzettel habt ihr ja Gott sei Dank noch, und da fahrt ihr sofort mit dem Zeug da nach Wien hinein und tauscht es gegen ein dezentes Kleidungsstück um. Mir sind ja nicht bei die Neger ..."

Er hielt empört inne und nahm seine Hornbrille mit pedantischem Schwung ab, um sich den Schweiß aus den Augen zu wischen.

„Eigentlich ist es ja nur zu schön", sagte er, „daß dem Toni Hinterleitner sein Mädel Hosen tragt. Was Übleres hätt ich ihm ja gar nicht wünschen können, dem modernistischen Haderlumpen!"

Kunst für kahle Schlafzimmer

„Unsere Wänd san so leer, Vickerl", sagte Frau Quasnicka zu ihrem Mann, „wie r in an Gefängnis. Zwar ham wir a schöne, neue Malerei, rosa mit Silberbleamerln, aber was uns fehlt, is a gutes Bild, a Landschaft oder aso a Bildl mit an Rosnbukee oder was Gott wos drauf ..."

Herr Quasnicka hatte seine Nudelsuppe beendet und langte sich ein saftiges Trumm Schweinsbraten aus der dampfenden Bratrein.

„Leer san s schon, die Wänd. Da hast ganz recht. Aber a Landschaft? Die hast in der Natur genauso schön, vielleicht sogar schöner ... A Blumenvasen? Die riecht ja doch net ... Alser wozu?! Am ehesten möcht ich noch ein Bild mit Goldrahmen und an angerichteten Schweinsbraten drin."

„Beim Hapler im Wirtshaus, im Extrazimmer, is jetzer eine Weihnachtsausstellung ‚Das gute Bild für den Normalverbraucher'" sagte sie zu ihrem Vickerl.

Genau um halb drei nachmittags war das Ehepaar Quasnicka in der Gaststätte Hapler. Im Extrazimmer, das sehr groß ist, tagte seit einer Woche die Verkaufsausstellung „Das gute Bild für den Normalverbraucher". Sieben Maler saßen umher, drei Interessenten stiegen von Bild zu Bild, konnten sich jedoch bei der gebotenen Pracht für keines der ausgestellten Werke entschließen, was den sieben wartenden Meistern Masken des Unmuts und der Sauerkeit ins Gesicht setzte. Als nun Herr und Frau Quasnicka ins Extrazimmer traten, stürzte der akademische Maler Holzpfneisl auf sie los und bot sich als unentgeltlicher Führer an. Die ausgehängten Bilder, so erklärte er, hätten absolut nichts mit jener betrüblichen Mode zu tun, die leider heutigentags sogar schon in Österreich eingerissen sei.

Herr Quasnicka betrachtete die Bilder mit der kritischen Miene eines Kunsthändlers.

„Ein Stilleben mit einem Schweinsbraten drauf habts Ihr nicht dader?“

„Mein Herr“, sagte der Maler Holzpfneisl pikiert, „wir sind keine Surrealisten nicht!“ drehte sich um und verschwand. Herr und Frau Quasnicka gingen in die Gaststube und stärkten sich bei einem halben Liter Dürnsteiner.

„Ham S a Bild kaufen wolln, Herr Viktor?“ fragte der Wirt.

„Ja“, antwortete Herr Quasnicka, „aber der war da drinnen beleidigt, weil mir die Sachen z' altmodisch waren. An Surrealisten brauch' ich, denn ich will ein Stilleben mit an Schweinsbraten drauf.“

„Wann S a Bild mit an Schweinsbraten haben wolln, dann sagen S es doch dem Herrn Schnierlböck aus der Amposgassen. Der hauts Ihner in zwei Tagen hin. A Schenie, wann i Ihner sag ...“

Als Herr Kurt Schnierlböck dem Ehepaar Quasnicka seine vollendete Studie eines Schweinsbratens brachte, war sie noch farbfrisch pickert. Zwei Tage nur hatte der Meister gebraucht, aber trotzdem: blendende Komposition, altmeisterliche Lebensnähe, Spachtelarbeit usw. usw. Herr und Frau Quasnicka waren begeistert.

„Dreierhalb Kilo Farb san drauf“, gestand Herr Schnierlböck, und Herr Quasnicka dachte, daß die Summe von dreihundertfünfunddreißig Schilling nicht zu viel wäre. Das Meisterwerk wurde über die Ehebetten gehängt und Frau Quasnicka war selig ...

Am nächsten Tage aber, Herr Quasnicka war als erster munter geworden, bot sich ein seltsames Bild. Und solches an Frau Ernestine Quasnicka.

„Ernestin, deine Haar, bist närrisch worden?“ rief Herr Viktor entsetzt.

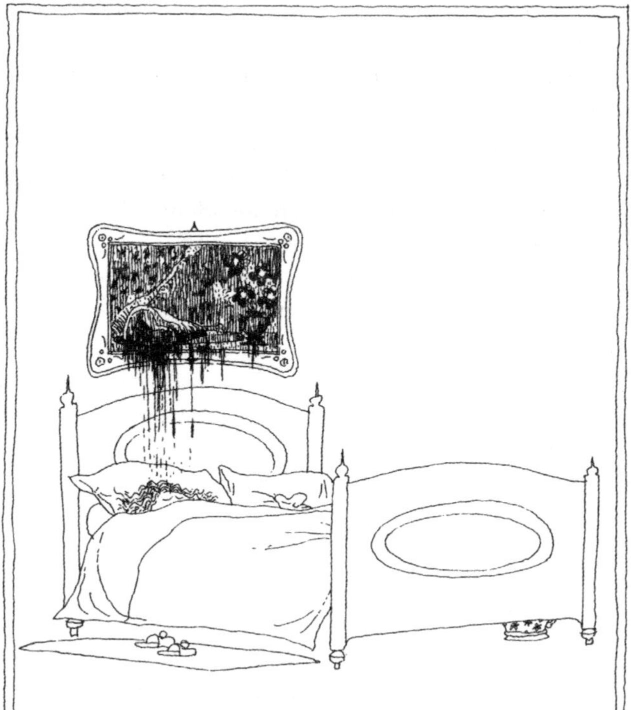
IRONIMUS

„Wieso närrisch?“ murmelte Frau Quasnicka schlaftrunken aus ihrem Kopfkissen.

„Wann hast du dir deine Haar so gscheckert färben lassen, du Gurken!“ tobte der Ehemann ... Dann aber fiel sein flackernder Blick auf den echten Schnierlböck, Spachtelarbeit, über dem Kopfende der Ehebetten. Die frischen dreieinhalb Kilo Ölfarbe waren in der Nacht roglert geworden, hatten die Schlafende gegen drei Uhr morgens erreicht und nun, da diese Böses ahnend hochsprang, blieb ihr sogar das Kopfpolster am Haupte kleben.

„Dem Schnierlböck hau i des Kreuz ab!“ sagte Herr Quasnicka, nachdem er seiner Frau mit Müh und Not eine Fieskofrisur geschnitten hatte. „A so a Frisur hätt ma um zehn Schülling aa haum könna!“

Die Rodelkunst von Anno dreißig

Heute, im schneelosen Winter 1960, ist die Zeit der abenteuerlichen Brettlhupfer, der aristokratischen Dreisitzer und der halsbrecherischen Rodelbahnen längst vorüber. Fortgeflossen sind die naiven, fröhlichen, gefahrvollen Jännertage der frühen dreißiger Jahre, zerronnen, wie Schneemänner unter einer frischen Märzsonne. Wer heute noch mit dem himmlischen Weiß in Berührung kommen will, der holt sich seine Skier vom Boden oder vom Kleiderkasten herunter, um sie mit mehr oder weniger Eleganz auf der Himmelhofwiese und irgend sonstwo im unverbauten Westen der Stadt zu zerbrechen. Rodelfahren, so wie man es seinerzeit tat, gilt heute fast als kindisch. Und dennoch war das einmal ein richtiger Sport unter Erwachsenen, bei dem Kinder meist nur zusehen durften.

Ich erinnere mich noch gut an die damals grabelandlose Steinhoferwiesen, ein wahres Paradies der Beinbrüche, verstauchten Kreuze und ausgekegelten Handgelenke. Schneidermeister und Oberteilherrichter, Bäckengesellen und Posamentierer, alle Sparten des Kleingewerbes zogen mit ihren Rodeln hinaus. Die verschneite Steinbruchstraße glich einer polaren Völkerwanderung, und alle trugen im Herzen nur den einen Wunsch: mit gut Glück über die vereisten Hänge der Steinhoferwiese zu bretteln. Unter der schönen, sezessionistischen Brücke, die den melancholischen Siebenundvierziger über den Ameisbachgraben zum Ufer seiner endgültigen Bestimmung trägt, gupft sich auch heute noch der steile Hügel, daran die rasend abwärtsschießenden Rodeln mit der Wucht einer Brandung prallten. Eine hinter der andern, immer hinein, kufensplitternd, urgewaltig, von Frauengekreisch manchmal übertönt, aber immer fatalistisch, kommt was kommt, mir passiert eh nix! Die damals noch sehr altmodischen Ambulanzen der Rettungsgesellschaft ratterten sehr häufig vom nahen Wilhelminenspital herauf und brachten ihre Frakturenladungen nach Gips und Holzschiene, was aber im Grunde genommen manchem Arbeitslosen eine willkommene Abwechslung bildete. Es war eine harte, kühne Zeit, von der unsere Musikautomatenära gar keine Ahnung mehr hat ...

Mein Vater, der bestimmt alles andere als ein begeisterter Sportler war, konnte sich dennoch nicht der Lokkung der Rodelfahrerei entziehen. Immer wenn es Neuschnee gab, an Sonntagen natürlich, zog er seinen kurzen Stösser an, setzte seine Sportmütze auf und zog unseren Dreisitzer durch die verschneite Steinbruchstraße, daß ihm Eiskristalle am englisch gestutzten Schnurrbart aufblühten.

Mein Vater, ein Schuhmachermeister, pflegte, wenn vom Sport die Rede war, zu sagen: „I moch de gaunze Wochn bei mein Schuasdabangl mea r oes gnua Schbuat ...“ Aber nach dem ledernen Einerlei einer Arbeitswoche aus Ski- und Haferlschuhen zog er es doch vor, sich in die blaue Gefahr der Steinhoferwiese zu begeben.

Ich war vielleicht acht, neun Jahre alt und hatte vor jeder Abfahrt in jene weiße, sezessionistische Ungewißheit des Ameisbachgrabens immer ein ungeheuer würgendes Gefühl, wie es einen etwa in einem zahnärztlichen Wartezimmer befallen mag. Meinen Vater bewunderte ich unglaublich! Mit den Absätzen seiner eisenbeschlagenen Goiserer steuerte er sein Gefährt traumsicher zwischen die nietenstolzen Eisentraversen der Brücke, wogegen die meisten anderen stets auf das fatale Bergerl losfuhren, ein Stück hinaufrutschten, um gleich darauf nach rückwärts gleitend dem Nachfolgenden in die giftigblitzenden Eisenkufen zu krachen …

Krach! Auweh! Mei Fuas!!! Hoeds d' Retung, lost s den Mentschn ned do so in Schnee ling!!

Zugegeben, es geht heutigen Tags beim Skifahren auch nicht sehr harmlos zu. Aber härter als damals in den frühen dreißiger Jahren, wie noch Schneidermeister und Oberteilherrichter, Bäckengesellen und Posamentierer, alle Sparten des Kleingewerbes, der eisigen Gefahr kühn ins Auge blickten, kann es wohl nimmer werden …

Wir haben uns jedoch – offenbar dank der besonderen Rodelkunst meines Vaters – nie derstessen!

Aufmunterung zum Tanz

Gestern hab' ich geträumt, der Fasching hätte bei mir an die Tür angeklopft, zugleich mit dem Briefträger, der mir eine Karte aus Portugal brachte, und dadurch konnte ich ihn nicht als das erkennen, was er war. Der Briefträger stand nämlich vor ... Wie dann der Herr von der Post weg war, konnte ich erst meinen seltsamen Besucher so recht betrachten. Er hatte eine lange Nase, die aber gar nicht künstlich war, sondern wirklich angewachsen, unter den Augen hatte er ein paar Tränen, aber diese hingegen waren wieder falsche, aus Coriandoli, lustig blau, grün, gelb und rosa.

Sind Sie der Herr Artmann, fragte er.

Ja, sagte ich, der bin ich.

Ich hieß ihn eintreten, was er ohne Verzug tat, und ich merkte, daß er eine karierte Schnellfeuerhose anhatte, wie sie kleine Kinder tragen, nur viel größer. Wohl der Lustigkeit halber, dachte ich, denn ein Fasching muß unbedingt lustig sein und wann s Knödel einen Gulden kost!

Herr Fasching, sagte ich, setzen S Ihner nieder und schneiden S Ihner ein Brot ab, gessen haben wir schon, also kann ich Ihner nichts andres mehr aufwarten. Sein S mir deswegen nicht barsch, putzen S Ihner die Coriandoli aus die Augenbram. Rauchen S vielleicht, bevor mir zum Reden anfangen, a gute Dreier mit mir?

Ja, sagte der Fasching, a Dreier möcht ich ganz gern rauchen: wann S mir eine spendieren könnten ...

Schön und gut, wir rauchten vorerst eine Dreier, und ich hatte Muße, mir den Herrn Fasching besser und genauer anzuschaun. Er sah eigentlich gar nicht so besonders aus. Wie schon gesagt: eine lange Nase, Tränensäcke, aber nicht sehr arge, unter den kaukasischnußbraunen

Augen, eine verheilte Rißquetschwunde nach einem rauschigen Umfaller und schließlich eine Schnurrbarthälfte, an der linken Seite, die rechte war abrasiert. Wahrscheinlich eine von die blöden Wetten, was ihner im Fasching leisten tun, die Leut, dachte ich ...

Als wir ausgeraucht hatten, sagte ich höflich: Herr Fasching, es ist mir ein ganz besonderes Volksfest, daß gerade Sie mich besuchen kommen. Übrigens, ich hab unter meinen Vorfahren auch einige mit dem Namen Fasching, Weinbauern aus der Retzer Gegend ... Sind S vielleicht auch mit solchene verwandt?

Nicht direkt, nicht direkt, sagte der Herr Fasching, aber den Wein hab ich recht gern, Herr Artmann, und auch den Kognak, den Whisky, das Bier, den Schligowitz, den Barack ...

Nur kein Wasser net, Herr Fasching, sagte ich, um seine spirituöse Aufzählung zu stoppen, gelten S, nur kein Wasser net?

Ui jö, sagte der Herr Fasching, und dabei kollerten ihm gleich wieder ein paar Coriandolitränerln über die Wangen, reden S ma net vom Wasser! Bin ich a Selbstmörder, schau i so aus oder sehn S vielleicht so was Ähnliches in meine Augen?

Aber, nein, Herr Fasching, aber nein, beruhigte ich den Erschrockenen, ich hab halt nur so gmeint ...

Also, begann ich jetzt ganz förmlich, was verschafft mir aber wirklich die Ehre Ihres geneigten Besuches? Womit kann ich dienen, oder, wann s sein muß, behülflich sein?

Herr Artmann, sagte der Herr Fasching, ich kenn Sie schon so lang, länger vielleicht, als Sie glauben ... Drum weiß ich auch, was für ein schwermütiger Mensch Sie eigentlich im Grund genommen sind! Sie müßten einmal so recht vom Herz aus lustig sein, sich unterhalten,

IRONIMUS

tanzen, Gspassetterln treiben und so weiter. Dann täten S wieder auf an grünen Zweig kommen, vielleicht finderten S sogar a Frau fürs Leben ...

Mein Herr, sagte ich ein wenig befremdet, ich weiß sehr wohl, daß ich etwas von einer edlen Melancholie an mir hab, aber soll ich mir die vielleicht verderben, indem ich mich einfangen lass von so einer? Nein, nein, wann Sie mir mit solchen Sachen kommen, dann tut s mir um die Dreier leid, die ich Ihner aufgwart hab ...

Aber, aber, sagte der Herr Fasching, ich wollt Sie doch nur dazu aufmuntern, recht fest auf die Bälle der diesjährigen Saison zu gehn. Sie waren doch Ihner Lebtag noch auf kan Bäu, Herr Artmann ...

Das konnte ich allerdings nicht bestreiten, und ich schämte mich sogar ein wenig über meine Weltfremdheit, aber gleich drauf läutete der Wecker ... und der kasperlhafte Herr Fasching sprang auf, sah in sein Geldbörsel und rief schallend aus: Aschermittwoch auf allen Linien!!

So ein Blödsinn, dachte ich mir und wandte mich von diesem Narren etwas pikiert ab. Dabei fiel ich aus dem Bett und merkte, daß erst der 16. Jänner 1960 am Kalenderblatt stand ... Wissen möcht ich, warum mir dieser komische Vogel da schon vom Aschermittwoch geredet hat??

Tarock und taube Ohren

Das Kartenspiel kann man in drei verschiedene Kategorien einteilen. Vielleicht sogar in mehr, aber das wär schon wieder zu viel; außerdem fühl ich mich für einen Philosophen noch zu knusprig. Ich bin ein elastischer Mensch!

Also erstens ist das Kartenspiel ein harmloses, wie man sagt, ländliches Vergnügen, für Förster und Wilddiebe wohlgeschaffen, das heißt, solang das Bummerl um zehn Groschen geht.

Zweitens mag es auch ein Laster sein. Nämlich, wenn der Spieler ständig verliert, immer tiefer und tiefer von der Leiter der Anständigkeit rutscht, schließlich Defraudant oder Briefspulierer wird und sein bürgerliches Leben deshalb an den Abschiedshaken hängen muß.

Drittens aber kann es sich als eine unversiegbare Geldquelle erweisen, als ein fortunates Füllhorn, und das, wenn man es versteht, sein Glück mit Geschick und Sauberkeit zu frisieren.

Albin und Sigismund waren wohl keine Balbiere, allein sie beherrschten die Kunst, ihr Spielglück mit den neumodischen Haarschnitten zu versehen, auf das vortrefflichste. Neulich, im Café Smejkal, saßen die beiden und mixten traumverloren seit einer geschlagenen Stunde Karten. Jeder von ihnen hatte ein Packerl in der Hand und ließ es, den diversen Abarten des Mischens entsprechend, durch die Elastizität der zehn Finger gleiten. Es war recht fad! Zugegeben, es gibt Hübscheres als nur mischen, aber was soll man schon machen, wenn kein rechter Partner in Greifnähe ist.

Die Schneefälle der letzten Nacht waren so stark gewesen, der Weg ins Café so märchenhaft verschneit, daß sogar jetzt noch, um 6 Uhr abends, Albin und Sigismund die einzigen Gäste bildeten. Draußen tobten Sturm und Straßenbahn mit elementarer Kraft gegeneinander, und über der Messingtheke des Cafés tickte die ehrwürdige Pendeluhr des Gustav Adolf Smejkal, welcher das Etablissement im Jahre 1889 begründet hatte.

Der Ober schlief im Stehen, die zwei Billards träumten von der Liebschaft einer roten und einer weißen Elfenbeinkugel, und in den Queues an der Wandstellage trieb ein hölzerner Rheumatismus sein besinnliches Wesen.

„Wan des so weidaged", gähnte Sigismund unlustig, „wean ma heit kaa Marie mea hebm!"

„Da Schnee, da Schnee", gähnte Albin ebenso, „dea duat den oaman Waserln wee, oi jee!"

„Depat wiad ma bei dera ölendign Woaterei!" meinte Sigismund. „So ganz bled, das ma fua lauta Laungwäu scho zum Dichtn aufaunga kentat!"

„I dua s jo ee scho!" sagte Albin, „hosd a s net ghead, wos i dicht hob?"

Unter dieser Rede kam ein älterer Herr ins Kaffeehaus, setzte sich an den Nebentisch. Schlaftrunken kam der Ober auf ihn zu und fragte um die Bestellung. Ein Hin und Her, der Ober mußte schreien, damit ihn der neue, fremde Herr verstünde. Also, einen dreistöckigen Stanislauer will er haben. Nun, der Ober brachte das Verlangte, und der Schwerhörige war zufrieden.

Sigismund sah Albin bedeutungsvoll an, dieser zwinzelte zurück, stand betont harmlos auf und ging an den Tisch des Schwerhörigen. So laut als er nur konnte, schrie er:

„Wia is s, Herr Masta, wolln S ned a Bummerl mid uns ausschnapsen?"

„Bitte", sagte der Angesprochene, „redn S a bißl lauta, i hab nämlich ein leichtn Gehörfehla!"

Schrie der Albin noch lauter: „Ob S a Badii Tarock spieln wollen, hob i gfrogt!“

„Wos, a Bockbier?“ fragte unschuldig der ältere Herr, „aber liaba Freund, das gibts doch nua zu Weihnachten oder zu Ostern oder zu …“

„Ob S fileicht an Preferenza met uns mochn wolln?“ schrie jetzt auch Sigismund mit einer wahren Stentorstimme dazwischen.

„Wer is a Strawanza, ha?“ meinte jetzt der Angeschriene giftig.

Sigismund, ein von Natur aus sanfter Mensch, rang jetzt verzweiflungsvoll die Hände. Kaum hörbar, aber sehr grimmig, knirschte er zwischen den falschen Zähnen hervor:

„An Kren brauchert ma, du törische Kapelln, an Kren, zum Kartnspieln!“

Da schlug der Herr die Augen sehr erstaunt zum Plafond auf und sagte:

„I weiß net, wia s es Kartn spieln tats, aber bei uns schreiben s die Stich immer mit aner Kreiden aufs Taferl und net mit aner Krenwurzen …“ Der ältere Herr war nämlich gar nicht törrisch!

A schönes Schnitzerl vielleicht …?

„Ans ums aundere Moe imma des söwe, immer des söwe …“, beklagte sich Herr Oberinspektionsratsadjunkt Leopold Fleischhammer im Restaurant Zapfenwimmer beim Nachtmahl.

„Entweda an Schweinsbratn, oda a Wiener Schnitzerl, oder a Gulasch oder a Beinfleisch … und wann s ganz untn an die Speisekartn kommst, a Beuscherl mit Knödl. I sag's halt, a Jammer is mit derer Fresserei. Mir waxt des allers schon zum Hals außer!“

„Wie wär's mit an Bauernschmaus für heute?“ fragte Unterinspektionsratsadjunkt Wewerka, der seinem Namen zu Ehren wie ein richtiges Eichkätzchen aussah und für zehne aß.

„A Bauernschmaus, wissen S, lieber Wewerka, das is die ganze Wiener Speiskarten auf einmal und zitzerlweis im Teller. Na ja, ich hätt heut auf was ganz Besonders an Gusto. Sehn S, in Amsterdam oder in Paris oder in London, da kann man in die verschiedensten Lokale essen gehn. Da gibt's indische, russische, böhmische, arabische …“

„Aber Herr Oberinspektionsratsadjunkt, das gibt's doch bei uns in Wien auch. Mir sind doch eine Weltstadt geworden!“

„Was Sie net sagen“, horcht der stille, zurückgezogen lebende Junggeselle Fleischhammer interessiert auf, „gibt's auch Chineser bei uns da?“

„Na selbstredend! Ham S noch nie vom alten Tschin Tschiang ghört? Ein Meister der besseren Küche. Dorthin sollten S einmal speisen gehn, Herr Oberinsp…“

Inzwischen war der Ober gekommen.

„Ein schönes Schnitzerl hätt mir heut, Herr Oberinspektionsratsadjunkt …“

„Dankschön“, sagte der verdiente Beamte, „ich hab einen verdorbenen Magen heut. Bringen S mir nur einen Roßbacher ...“

„Einen Roßbacher für den Oberinspektionsratsadjunkt!“ rief der Ober und schwirrte ab.

„Jetzt geh ich zu dem alten Chineser hin“, sagte OIRA Fleischhammer, nachdem er von UIRA Wewerka die Adresse des Spezialitätenrestaurants erfahren hatte, „ich hab schon immer, seit frühester Jugend, für das Reich der Mitte was überghabt. Mein Lieblingsbuch in der Schulzeit war immer ‚Die Drangsale eines Chinesen in China‘ von Schü Wern. Ham S das auch glesen, lieber Wewerka?“

„Nein“, sagte Wewerka, „ich hab mich immer an den alten Karl May ghalten, aber wann der Herr Oberinspektionsratsadjunkt einmal auf beduinisch zu Abend speisen wolln ... da weiß ich ein neues Restaurant in der Herklotzgassen, das wird von an Araber aus Oman betrieben. A la bonnär, sag ich Ihner, a la bonnär!“

„Sie sind ja ein rechter Feinschmecker, Wewerka, ein Lukullus!“ sagte der hungrige Herr Fleischhammer, verabschiedete sich eilig und ging.

Zehn Minuten später saß er mit abenteuerlichen Gefühlen im Speisehaus des Herrn Tschin Tschiang. So ist's also bei die Chineser, dachte er. Schade, daß aber nur der Chef selber einer ist. Die zwei Ober sahen nämlich ganz so aus wie alle übrigen zwischen Mauer und Kagran. Aber das macht nix. Er beorderte die Speisenkarte und sah sie interessiert durch seinen Zwicker an.

tschekoschitschinghaopan,
tschuitingliao,
wojohuakaosuni,
tanientschipiwotaputo ...

TSCHIN TSCHIANG
ironimus

„Uijö, uijö“, sagte Herr Fleischhammer etwas konsterniert. „Was ist denn das? Am Schluß bestell ich mir eine kochte Hauskatz oder einen Kellerratzen in Pfeffersoß! Nein, das geht net. Und fragen, was das ist? Auch net! Der bemerkt sonst, daß ich gar net Chinesisch versteh. Und das wär mir peinlich, wo ich doch in meiner Jugend so viel über das Reich der Mitte glesen hab ...“

Herr Fleischhammer trank also einen zweiten Roßbacher und fuhr mit der Straßenbahn zu dem Omanaraber, von dem Unterinspektionsratsadjunkt Wewerka so geschwärmt hatte. Als er ankam, war das Lokal geschlossen.

„Ja, Herr, da haben S Glück ghabt“, sagte ein herumstehender Pfründner, als er bemerkte, daß Fleischhammer unschlüssig vor der geschlossenen Türe stand, „dem Murl haben s vorgestern die Konzession weggenommen, weil er seinen Gästen Blindschleichen als Aale ausn Indischn Ozean andraht hat. San S froh und gen gern S da ums Eck in die Stehweinhalle. Da kriegen S das beste Rindsgulasch im ganzen Grätzl ...“

„Die Burnwurscht da is vom Gigara“, meinte ein dezent gekleideter Herr zu seiner Begleiterin, „do loß i mi eineschtechn, waun des Heidl ned zu hundat Prozent vom Roßfleischhocka schdaumt!“

Er bohrte bei dieser Rede mit dem rechten Zeigefinger an eine Stelle, wo ein blütenweißes Hemd seinen sauberen Hals freigab.

Es war eine wunderlaue Sommernacht, der Herr und die Dame standen vor einer Burenwurstbude (man verzeihe mir diesen Ausdruck) und verzehrten je eine aufgeschnittene Heiße mit Kremsersenf. Es war, wie gesagt, eine laue Sommernacht, und der Würstelmann überhörte wahrscheinlich aus diesem angenehmen Grund die ungeheure Anschuldigung des dezenten Gentleman geflissentlich. Der Vollmond stand prachtvoll und stumm über der Landstraße, war allerdings nur von den letzten Etagen des Hilton wahrzunehmen. Der Würstelmann fühlte den schimmernden Erdtrabanten, er war ein Typ, den ein voller Mond eher ab- als aufregte: Er überhörte einfach mit Absicht die hippophagistische Bemerkung des Herrn im Nadelstreif.

„Aber geh, Schorsch!“ meinte kauend die Begleiterin des kauenden Herrn, „es wiad waß Gott wos fia a Fleisch sein, owa a Roßfleisch?! Naa, des glaub i net. Schau, do haßt’s olwäu, die Kinesn verkochn a Schappi fia eanare Schpezialitätn! Schdöö da fua, wos so a Schappi kost, und wauns aa nua im Supermarkt is … A gwöhnlichs Fleisch is do no imma um die Hälfte billiga! Bled wiad a sei, der Tschinkerl!“

Der Herr lächelte lässig und verzog leicht seinen gepflegten Schnurrbart: „Der Hawara do“, sagte er, „is weder a Kineser noch a Tschusch geschweige denn a

Kamöödreiwa, sowos traut se nur a Weana, der hot die Chuzpe dazua, wäul a waß, eam kennan s ned en Weisl reibm!"

Er hatte den Verzehr seines Imbisses beendet und wischte sich mit einem seidenen Taschentuch Mund und Schnurrbart. Er tat dies mit bedächtiger Eleganz, die auf weltmännische Lebensart schließen ließ. Er rülpste fast damenhaft über seinen rechten Handrücken und wandte sich dabei verschämt von seiner noch kauenden Begleiterin ab. Dann trat er wieder näher an den Würstelmann heran: „Schwoga, no a Haße med Senf und Kren!"

„Wie meinen?" wollte der Würstelmann wissen. Seine Stimme erinnerte an einen Krawatltenor alter Schule.

„Schneid ma no a Haße auf und frog ned so teppad!" befahl der dezente Herr mit vorgeschobenem Unterkiefer durch die Zähne.

„Mitnichten", sagte der Würstelmann einfach, aber dezidiert, „für Sie nicht, mein Herr."

„Host des ghead, Karin?"

Der nadelgestreifte Gourmet blickte mit gespielter Verwunderung seine Begleiterin an: „Host des ghead?"

Es war dies bloß eine rhetorische Frage, er hätte sie ebenso an den unsichtbaren Vollmond über der Landstraße richten können. Aber den sah er ja von seinem Standpunkt aus nicht. Na schön.

„Manst des echt?" fragte er drohend und beugte sich, indem er den Würstelmann an der Hemdbrust faßte, vor.

„Tun Sie gefälligst ihre Pfoten von meinem Oberhemd, mein Herr!" schnappte der Attackierte scharf, aber kühl.

„Wos host gsogt, du Uawaschl? I glaub, i hea ned recht! Wiedahoi des no amoe!"

Heisse
WÜRSTL
IRONIMUS

„No bumsti", entfuhr es der Dame des Herrn, „jetzt schlogt's zwööfe!"

Es war kurz vor halb elf. Sie warf ihre halbverspeiste Wurst samt Tazzerl in den Abfalleimer, wich einige Schritte zurück und wischte sich mit den Fingerkuppen das fettgewordene Yves St. Laurent von den Lippen. Der Angegriffene blickte seinem Gegner offen und ehrlich in die Augen und entfernte die ihn anfassende Hand mit einem Karateschlag seiner Linken, während er, ohne daß es der dezente Herr bemerkte, nach der Senfspritze griff.

„Ich verkaufe nichts an Sie, Monsieur!" sagte er.

Der Herr war einen Schritt zurückgewichen, setzte aber sogleich zu einem Tigersprung an. Allein, er vermochte diesen nicht mehr auszuführen, denn der Würstlkönig im Neonlicht seines Standls hatte blitzschnell seine Spritze in Anschlag gebracht, und platsch platsch platsch saß auch schon ein großes gelbes Zett auf dem hellen Nadelstreif des verhinderten Tigers. Der dezente Herr starrte völlig konsterniert auf diese Bescherung.

„Wahnsinn! Mei neichs Gwaund!" schrie er, völlig außer Fassung geratend: „Sog, bist narrisch?"

„Zorro bin ich, Rächer der Würstlmänner!"

Hohnvoll und klar klang es aus dem Munde des Straßengastronomen ...

Die schöne Begleiterin blickte mit ungläubigem Staunen auf das senffarbene Zett, das nun in Zeitlupe nach unten zu rinnen begann, o ja, sie sah es genau. Der Vollmond jedoch war noch immer nicht zu sehen, war noch immer ein teures Juwel für reiche Leute, die sich einen letzten Stock im Hilton leisten konnten, ein seltenes Bijou für Penthäusler und deren Besucher.

Der Dezentling mit dem fatalen Senfzett an der Sakkobrust jaulte auf wie der Werwolf von London. Das paßte hübsch in die laue Vollmondnacht, verbreitete einen herben Hauch gruseliger Romantik und brachte nebenbei einen kleineren Menschenauflauf zustande.

„Wos is n passiad?“ wollte einer von seinem Nachbarn wissen.

„Keine Ahnung von einer Idee“, antwortete dieser.

„Aum Buanwuaschtschtandl hod se ana augschbibm!“ erklärte ein anderer, der sich für Dr. Allwissend hielt.

„Kaa Wunda bei dea heitign Qualität von die Fleischwaren ...“, warf ein Dritter ein und bestellte kurz und bündig beim Würstlzorro eine Debrecziner mit Kren ohne Senf.

„Wos hot ea denn, da Herr?“ wollte er vom Würstlmann wissen.

„Habe nicht den Schatten einer Ahnung, Mister!“ entschuldigte sich dieser höflich. „Wünschen die Debrecziner aufgeschnitten, wenn's gefällt?“

„Na, daunke, i beiß oo“, antwortete der beherzte Kunde, „i hob no olle Zähn!“

Die nokturne Menge war inzwischen beträchtlich angewachsen, Passanten mußten, um vorbeizukommen, auf die Fahrbahn ausweichen, Autofahrer fluchten und zeigten diverse Vögel, ein Pakistani bot die Zeitung von übermorgen an, ein Taschelzieher zog Schlüsselbunde und leere Geldbörseln, und ein Sandler versuchte es auf die altbewährte Mitleidstour: „Masta, kennan S ma ned aushöffm, i bin erscht drei Dog aus da Schdroffaunschdoet, i wüü wieda aunschtendich wean ...“

Nun überquerte endlich ein Herr Inspektor die Straße. Er bewegte sich à la Gary Cooper auf die brodelnde Masse zu, sein Hüftschwung jedoch wollte ihm nicht recht gescheit gelingen, er war dafür, wie man sagt, etwas zu überwuzelt.

„Blatz machn, meine Heaschafftn, auseinand!“

Er wandte sich ohne Charme an den Nächststehenden: „Was gibt's dader? Sind sie bedeiligt?"

Der Gefragte zuckte die Achseln: „Ii? Wiasoo?"

„Dann schdengern S ned umanaunda, entfernan S Ihnen, machn S Blatz ..."

Des Gesetzes persönliches Schielauge setzte seinen Weg mittels Ellenbogentaktik fort, die Menge gab ihm widerwillig Raum, schloß sich aber hinter ihm desto fester zusammen. „Was gibt's dader?"

„Wos soll's 'n gebm, ohmächtig is ana wuan ..."

„Ohnmächtig?"

„Wahrscheinlich a Süchtla!"

„A Süchtla, wos is des?" wollte der Inspektor wissen.

„Des Gegntäu von an Giftla!" meckerte eine Stimme aus der amorphen Menge.

„Heroin, Herr Inschpekta!" flüsterte jemand vertraulich dem Polizeimenschen an die schwitzende Wange. Die Stimme roch nach Quargel und Slibowitz.

„Wo liegt er denn? Auseinander hab i gsagt, gemma, gemma!" Er forderte über sein tragbares Sprechgerät eine Funkstreife an.

„Herr Inspektooor", ließ sich eine launige Stimme vernehmen, „der Fantomas hat abermals zugeschlagen!"

Der Inspektor sah einem jungen Transvestiten in Zivil ins ungeschminkte Antlitz.

„Ehrenwort, Herr Polizei!" versicherte der Unverkleidete mit einer neckischen Handbewegung.

Der Polizist erstarrte zu einer Kochsalzsäule: „Wos, da Fantomitsch, dea wos gestan die Raika in Meidling iwafoen hod?!"

Er zückte, die Nerven verlierend, seinen Notizblock: „Sind Sie mit ihm weder verwandt noch verschwägert?"

Von der Ungarstraße her raste ein Funkstreifenwagen zum Tatort. Die Menge begann sich zusehends aufzulösen.

*

Der dezente Herr stand mit seiner ein wenig ramponierten Begleiterin in der Männertoilette eines Balkangrills und versuchte weinend, sein versenftetes Nadelstreifensakko mit Leitungswasser wieder einigermaßen auf Glanz zu bringen.

„I bring mi um“, schluchzte er, „i gib ma die Kugl!“

„Ich kaun di ja vaschtehn“, sagte die schöne Karin und legte vor dem urinmatten Spiegel wieder Yves St. Laurent auf, „owa trotzdem, wia kaun ma denn aa schon so bled sein und si mid ’n ZORRO aunlegn?!“

Verhinderte Uraufführung

Am vorigen Samstag wollte man auf der Stegreifbühne Mondschein folgendes Stück geben: „Tannhäusl oder der Sängerkrieg auf Schloß Forchtenstein“. Es kam aber anders. Man hatte das Drama als Benefizvorstellung für den verdienten Volksschauspieler Charly Kipfl konzipiert, der seit zwanzig Jahren dem Ensemble Mondschein angehört und der sein Brot als Nebenerwerbsmime, wie Goethe sagt, mit Zähren ißt, zu deutsch, er hat trotz seines unbestreitbaren Talents nichts zu beißen. Keiner in der kleinen, aber verschworenen Truppe hat viel zu beißen, was jedoch kaum die Begeisterung für die hehre Kunst zu bremsen vermag.

Es war ein schöner Augusttag, man hatte das uraufzuführende Stück tags zuvor bei Knackwurst und Bier bereits besprochen; nach menschlichem Ermessen konnte nichts mehr schiefgehen. Seit zwanzig Jahren war nichts mehr schiefgegangen.

Die Vorstellungen begannen stets nach Einbruch einer gewissen Dunkelheit, also im Hochsommer so gegen acht mit einem obligaten akademischen Viertel, mit einem akaböhmischen Vierterl, wie es der Hauskomiker Max Haberzettel auszudrücken pflegte, weil man eben auf die Zuspätkommenden Rücksicht nehmen wollte.

„Heut spieln s beim Mondschein ‚Das Häusl auf der Burg Fürchtenstein‘“, sagte Frau Christa Möstl, ihres Zeichens Kassiererin im Supermarkt Neugröschl, zu ihrer Kollegin, der dicken Frau Spacek, „kommen S mit, tuan S was für die Kultur!“ Sie meinte das ganz ernsthaft.

„Hörn S mir auf mit derer Kultur“, erwiderte Frau Spacek hochsommerlich verdrossen, „daß mi da draußt im Freien die Gelsen auffressen! I hab no vom Gänsehäufl gnua. Schaun S Ihna die Düppeln an, i könnt mi in ana Tour kratzn ... Wia ham S gsagt, haßt des Stückl?"

„,Das Häuserl am Rain' oder so ähnlich; i hab's Ihna ja eh grad gsagt ..."

Sie fertigte den Einkauf einer Kundin ab und konnte nicht herausgeben, weil die Frau mit einem Tausenddollarschein drei Flaschen Kaiserbier bezahlen wollte.

„I hab da a ausländische Kundin", rief sie dem inspizierenden Geschäftsführer zu, „können S mir tausend Lire wechseln, Herr Wagner?"

Herr Wagner konnte selbstverständlich, und so verging der Vor- und Nachmittag ohne nennenswerteren Zwischenfall.

Herr Dr. Stadlmayer saß in einem bequemen Liegestuhl, den ein Schrebergarten von traumhaften Ausmaßen umgab. Er war ein reicher Mann und *saß* in diesem *Liege*stuhl, er hatte ihn bis an den letzten Holzzahn hochaufgerichtet. Er las aufmerksam den Corriere della sera von heute.

„Karla", sagte er zu seiner noch jungen Frau, die gerade die Blumenbeete goß, „Karla, soeben lese ich, daß man heut abend beim Mondschein den ,Sängerkrieg auf der Wartburg oder Neugröschl, der Rosinenkönig von Wien' gibt! Eine Uraufführung. Wie wär's, wenn wir uns das Stück anschauerten?"

Die junge Frau wandte sich, ohne von ihrer Gießkanne zu lassen, an den um etwa dreißig Jahre älteren Gatten: „Aber Fritzl", sagte sie, „irrst du dich da nicht?"

„Wie soll ich das verstehen", sagte Fritzl, „weshalb sollte ich mich irren?"

„Na hörst du, der ,Rosinenkönig' ist doch von Nestroy und der ,Sängerkrieg' von Otto Wagner!"

Dr. Stadlmayer legte seine Zeitung aufs Knie und blickte auf. „Aber geh, du Tschapperl“, meinte er mit allesverzeihender Miene, „der Otto Wagner ist doch der Geschäftsführer vom Supermarkt, der hat sein Leben lang noch keine Operette geschrieben! Ein Mann ohne Matura ...“

Er widmete sich wieder seiner Lektüre in italienischer Sprache, um seine versickerten Kenntnisse aufzumöbeln, er versank in ihr wie in einer papierenen Adria.

„I waß ned, ob i des Schtickl ned schon vuarigs Joa gseng hob“, sagte die alte Slabina, die mit achtzig noch immer rüstige Hausmeisterin vom Dreihundertsiebzehnerhaus in der Dr.-Anton-Krawalitsch-Straße war, „des mit dem ‚Tannenhäuserl im Wienerwald‘ kumt mir a so bekannt vua ...“

Sie lehnte sich prall aus dem Fenster ihrer Parterrewohnung und sprach mit Herrn Gustl Schreber, einem Bundesbahnpensionisten, von dem man munkelte, er sei ein Ururenkel des berüchtigten Gartenerfinders.

„Aber wo denken S denn hin, Frau Slabina“, lachte dieser, „das, das was Sie manen, das is a Försterdrama! Heute spieln s eine Oper mit gutem Ausgang, mit an häppy End, wia man sagt. I waß des vom Charly Kipfl, und mit den bin i Schul gangen, der liagt mi niemals im Leben an!“

„Haum S schon Karten?“ wollte Frau Slabina wissen.

„Selbstredend“, sagte Herr Gustl und klopfte an seine Brusttasche, „da kann nix mehr passiern ...“

„Außer es fangt zum regnen an“, unkte Frau Slabina leicht unheilsschwanger.

„Bitte net verschrein, net verschrein!“ Herr Gustl Schreber klopfte diesmal an seinen Spazierstock, ein

Holzwurm fiel aus dem guten alten Stück und verdorrte unsichtbar in der heißen Augustsonne.

Gegen sieben Uhr abends war der Himmel tatsächlich von schweren, schwarzen Wolken verhangen. Eine halbe Stunde später fing es an, zuerst tröpfelte es, und eine halbe Stunde vor Beginn goß es in Strömen. Vor der Kasse des Musentempels spannte man die Parapluies auf, zog Kapuzen über den Kopf und harrte tapfer aus. Punkt acht Uhr fünfzehn war das Gewitter vorbei. Die Zuschauer hatten zwischen Sitzfleisch und Sitzfläche Zeitungen geschoben, denn die Bretterbänke waren einfach zu naß, man wollte sich weder ein Damen- noch Herrenleiden zuziehen.

Herr Gustl Schreber saß wie immer in der ersten Reihe und hatte, weil er einer der wenigen ohne Zeitung war, einen nassen Hintern, ein Umstand, der ihm einen verbissenen Gesichtsausdruck verlieh, er sah so bös drein, daß man Herzklopfen bekommen konnte bei seinem Anblick.

Endlich ging der Vorhang hoch und gab einen Prospekt frei, der Hermannskogel bis Kahlenberg zeigte, im Vordergrund hatte man sehr schlicht eine kleine Heurigenwirtschaft angedeutet. Der Volksschauspieler Kipfl trat gemessen an die Rampe, räusperte sich bescheiden, um das hochverehrte Publikum zu begrüßen und das Stück anzusagen, wie er es als Prinzipal gewohnt war. Es gab da keinen Versprecher mehr, die Worte flossen ihm stets liebenswürdig und sonor von den Lippen ... aber heute, zum ersten Mal in seiner Karriere, fiel ihm das Stimmhölzl um, er vermochte keinen einzigen Ton hervorzubringen, griff sich ans Herz und trat mit bleiernen Füßen ab.

Im Publikum machte sich eine nervöse Unruhe breit, Stimmen wurden laut, zuerst flüsternd, dann immer verständlicher: „Wos hod a denn, da Kipfl?“

„Schaut aus wiar a Herzkaschperl …“

„Um Gotts Wülln, net verschrein!“

„Da Jüngste is er ja aa nimmer, die Anschtrengung halt …“

„Da Föhn vielleicht …“

Hinter der Bühne sank Herr Charly Kipfl auf ein altes, ausgedientes Sofa, die Kollegen umringten ihn, Frau Horak, die jugendliche Liebhaberin, eine joviale Mittvierzigerin, labte ihn mit einem schnell eingegossenen Stamperl Obstler und legte ihm ein Kissen mit der Inschrift „Nur ein Viertelstündchen“ unter den Nakken.

„Sir Charly, wos is denn mit dir?“ wollte Max Haberzettel, jederzeit um einen netten Scherz bemüht, von dem Schweratmenden wissen. „Du machst ja a Gsicht wia wauns d den Gankerl gsehn hätterst! Reiß de zaum, Burschi, die Schau geht weiter!“ Den letzten Satz brachte er so markig als nur möglich an den Mann.

Charly Kipfl, durch den gereichten Obstler wieder ein wenig erholt, hob müde den herabgesunkenen Kopf und blickte seinen Kollegen Haberzettel voll an: „Host du schon den Gankerl gsehn, Maxl?“ fragte er tonlos.

„Aber geh, Karli“, meinte Maxl begütigend, „den gibt's ja gar net.“

„Asoo?! No, daun geh ausse und schau dir n an, in der ersten Reih hockt er und schaut di aun, als wia waun a di fressn mecht!“ keuchte der Prinzipal und griff nach der halbvollen Obstlerflasche …

Man änderte deshalb kürzestfristig den Spielplan und brachte das Försterdrama vom vorigen Jahr: „Das Tannenhäuserl im Wienerwald“. In diesem Stück hatte Herr Charly Kipfl keine Rolle inne.

Der Onkel Leo

„Salzburg is a Stadtl und Wean is a Stodt, in Salzburg eß ma's Bratl und in Wean eß ma's Brot ..."
Aus dem Radioapparat ertönte die Sendung „Für Stadt und Land", eine äußerst launige Folge von Sprüchen, Anekdötchen und Ländlern.

„Jessas", rief Herr Leo Haslinger, „Salzburg!"

„Was is denn mit Salzburg?" wollte seine Gemahlin Fanny wissen.

„No ja", sagte Herr Leo, „i denk da grad an den Onkel Leo, meinen Namensvettern. Bei dem müßtn mir uns auch einmal wieder rührn."

Herr Leo Haslinger hat einen Onkel in Salzburg, einen Erbonkel in der schönen Stadt. Drei volle Jahre ist es jetzt her, daß er diesen zu allerhand Hoffnungen berechtigenden alten Herrn nicht mehr besucht hat. Dieser Onkel heißt wie er selber, Leo Hasslinger, aber eben mit dem kleinen Unterschied, daß er sich mit Doppel-S schreibt. Manchmal irren beim Ausstellen von Taufscheinen sogar die akkuratesten Pfarrer.

„Namensvetter", höhnte Frau Fanny, „daß i net lach! Dein Onkel schreibt sich mit zwei S und du bloß nur mit einem ..."

„Und sonst fehlt dir nix, gelt?" ätzte Herr Leo, „ob mit an oder mit zwa S, das is doch Blunzen; aber nur: der Leo Onkel geht inzwischen bald an die achtzig, wer weiß, wie lang er's noch derpackt. 's wär eigentlich an der Zeit, daß mir ihm wieder einmal aufsuchen in seiner alten Villa in Maxglan, verstehst? Mir sollten demnächst bei ihm auf an Sprung vorbeischaun, damit er uns am End net noch vergißt, bevor er, Gott sei davor! das Zeitliche segnet und sein Häusl mit dem Gsparten einem andern vermacht!"

„Wem sollt er denn schon sein Häusl vermachen?“ wollte Frau Fanny wissen.

„Na hörst, du weißt doch, wie die Provinzler sind! Wann ma sich bei denen net alle daumlang rührt, sind s gleich angrührt“, erwiderte Herr Leo. „Und besonders die Stierwascher! Wanns dich auf *die* verlaßt, dann bist schon verlassen, bevor s noch gstorben sind. Am End vermacht der alte Krauterer sein ganzes Vermögen der Kirchen oder dem Deutschen Turnverein!“

„Ja, da hast vielleicht recht“, meinte Frau Fanny, „weil ein frommer Turner is er seit eh und je schon immer gwesen.“

„Na ja, eher mehr Turner als fromm“, warf Herr Leo ein. „Der turnt dir jetzt noch mit seine achtzig wie ein Aff durch die Gegend und alle Sonntag siegst ihm im Gebirg umeinanderkraxeln wie den Trenker.“

„Vielleicht geht er auf d’ Gamsjagd, was?“ Frau Fanny traute dem Erboheim ja noch einiges zu, aber als Bergsteiger konnte sie sich ihn nicht mehr so recht vorstellen. „Der Onkel Leo auf der Gamsjagd“, prustete sie gekünstelt, „ha ha ha!“

„Was weiß a Fremder, was er da drobm am Juchee zammjagert? Aber i trauert’s dem alten Alpenfex ohne weiters zu, daß er auf saubere Sennerinnen pirscht, der Hallodri!“ Herr Leo schmunzelte verschmitzt.

„Auf Sennerinnen?“ warf Frau Fanny ein. „Sag, lest du keine Zeitungen? Sennerinnen, die gibt’s ja längst nimmer, die sind ein ausgstorbner Beruf!“

„Geh, geh, geh!“ erwiderte Herr Leo etwas grantig, „ausgstorbner Beruf ... Und von wo kriegen mir unsere tägliche Frischmilch?“

„Allers künstlich“, sagte Frau Fanny, „allers künstlich aus Amerika. Wer melkt denn heutzutage noch Sennerinnen?“

„Wahrscheinlich der Onkel Leo aus Salzburg, du gscheite Fräuln!" Es schien, als freue sich Herr Leo innerlich unbändig über diesen guten Witz.

Frau Fanny bekam das ein wenig in die falsche Speiseröhre. „Wanns d wem köscherln willst", sagte sie, „dann bitte an andern, aber net mi. Ein so ein Schmäh kannst von mir aus der Frau Blaschke derzähln, aber net mir!"

Herr Leo strich sich über seinen englischgestutzten Schnurrbart, dann meinte er bedächtig und nicht ohne einer gewissen Ironie:

„Du bist doch a geborene Blaschke, Fanny. Franziska Haslinger geb. Blaschke. Hast das vielleicht vergessen?"

„Es ist schon ziemlich lang her, daß mir gheirat haben!" meinte Frau Fanny etwas spitz, „aber mein Namen alser Lediger war Blaschek und net Blaschke!"

„Aber i bitt di, du Tschapperl", Herr Leo rang gespielt die Hände, „Blaschke oder Blaschek, das ist doch ganz powidl! A Erzböhm war er halt, dein seliger Herr Papa ...!"

Frau Fanny, höchlichst indigniert, rang jetzt nicht wie ihr Herr Gemahl die Hände, sondern nach Luft:

„Ein Deutschböhm aus Budweis war er! Und deine Mutter war eine Gscherte aus Salzburg und ein Erdbebm dazu. Kein Wunder, daß s da keiner gheirat hat. Und wanns dein unehelicher Vater gnommen hätt, dann heißerten mir zwei jetzt Kubitschek!"

„Ganz klar", knurrte Herr Leo Haslinger, „aber Kubitscheck mit CK. Und allers, was mit CK aufhört, ist rein deutsch. Wahrscheinlich hast da grad in der Schul gfehlt, wie's das glernt habts, du Urschl!"

„I war ja net in der Bamschul wie du, du Bamschabl. In welchener Schul lernen s denn ein so ein Blödsinn? I bin noch vor die Nazi in d' Schul gangen!"

„I aa!" sagte der Herr Leo trocken, „aber das mitn CK ham s unterm alten Kaiser schon aufghabt, a jeder Taferlklaßler hat das damals lernen müssen ...!"

Frau Fanny war jetzt wirklich wütend geworden. Sie nahm ein auf dem Tisch stehendes Kaffeehäferl und warf es durch die Fensterscheibe. Manchmal hatte sie solcherlei heftige Anwandlungen. Sie nahm ein zweites und warf es dem ersten nach. Von der Straße herauf hörte man die empörte Stimme eines möglicherweise getroffenen Passanten: „Gemeinheit! Schweinerei! Polizei!"

„A jeder Taferlklaßler unterm alten Kaiser!" keuchte sie und warf die Zuckerdose durch das geschlossene Fenster, „und wegen der Taferlklaßler ausm Onkel Leo seiner Klaß is der Erste Weltkrieg ausbrochen!"

Herr Leo Haslinger schwieg geduckt, er kannte das Temperament seiner Frau, er wollte es nicht noch mehr herausfordern.

„Wissn möcht i", murmelte er kaum hörbar, „wieso mir auf einmal vom Onkel Hasslinger aus Salzburg aufm Ersten Weltkrieg kommen sind ..."

IRONIMUS

Inhalt

Januskopf Prater 7
Nußbeugeln und Melangen 11
Die Oase in der Opernpassage 15
Rum und Ehre 19
Wo die Geige klingt ... 25
Frau Pischinger und die Landluft 29
Ein Doppelleben 33
Tiefer Süden 37
Solche Späße tut man nicht 41
Sinnlose Tat am frühen Morgen 45
Grüß Ihner Gott, Herr Papageno 51
Ein schreckliches Theaterstück 55
Mein Freund, der Schnepfhahn 59
Preciosen und Effecten 63
Bobby Grey, der Feinspitz von Breitensee 67
Herr Hasenbrein und der Fremdenverkehr 71
Herrn Krabaths musikalische Haar- und Bartpflege 75
Ladislaus und der Tausenderschmee 79
Keine Menschenfresser, bitte! 85
Metamorphosen des Hofsängertums 89
Herr Morawetz motorisiert sich 93
Herr Adamek schreibt einen Bestseller 97
Keine Zeit für Twrdik-Rosen 101
Vom Winde verweht 105
Höllenangst und hohe Herren 109
Herr Quarglschmitt will nicht in den Ring 113
Bruderkrieg im Hause Vocasek 117

Keine Hosen für Helmtrude	121
Kunst für kahle Schlafzimmer	125
Die Rodelkunst von Anno dreißig	129
Aufmunterung zum Tanz	133
Tarock und taube Ohren	137
A schönes Schnitzerl vielleicht …?	141
Zorro	145
Verhinderte Uraufführung	153
Der Onkel Leo	159

Thomas Askan Vierich
Blutgasse
Originalausgabe
Kriminalroman
288 Seiten, € 9,95/sfr 17,90
HAYMON taschenbuch 16
ISBN 978-3-85218-816-4

Barbara, die kapriziöse Tochter eines sehr bekannten Wiener Baulöwen, wird verfolgt und bedroht.

Sie überredet den Journalisten und Lebemann Alfred Brinkmann, sie als eine Art Leibwächter zu begleiten. Dann wird Barbaras Vater tot aufgefunden, eingegossen in Beton. Und Alfred gerät in ein Netz erotischer Versuchungen, tödlicher Intrigen im Baumilieu und dunkler Familiengeheimnisse, in dem Lüge und Vergessen, Sex und Business, Mord und Totschlag nah beieinander liegen.

Vor der Kulisse eines Wien zwischen k.u.k.-Herrlichkeit und Moderne entfaltet Thomas Askan Vierich genussvoll einen mitreißenden Plot – mit viel Gespür für den Charakter der Stadt, Sinn für Ironie und pointierte Dialoge und einigen überraschenden Wendungen.

„Ein Könner, was die Sprache, ein Künstler, was Plot und Figuren betrifft."
Stefan Slupetzky

„Durch ein labyrinthisches Geflecht an Wiener Schauplätzen führt Thomas Askan Vierich in eine habgierige Wiener Gesellschaft, deren ausgezeichnete Küche nicht über deren skrupellose Freunderlwirtschaft bis in weit zurückliegende Generationen hinwegtäuschen kann. Mit gekonnten Suspense-Szenen, die unter Einsatz gewaltig rotierender Betonmischmaschinen ins Surreale kippen, und witzigen Personenportraits dringt der Blick des in Wien lebenden Deutschen in die Eingeweide der Stadt."
Amaryllis Sommerer

„Thomas Askan Vierich schreibt überaus inspirierende Krimis."
Perikles Monioudis

Angelika Reitzer
Taghelle Gegend
Roman
160 Seiten, € 9,95/sfr 18,90
HAYMON taschenbuch 11
ISBN 978-3-85218-811-9

Das faszinierende Roman-Debüt über das Erwachsenwerden einer jungen Frau: Maria, frei und ungebunden, lässt sich einen Tag lang durch die Straßen der Stadt treiben: Ich gehe aus dem Raum aus dem Staub meiner Familie. Sich erinnernd und träumend wandert sie dabei durch ihr Leben, taumelt durch die taghellen Stunden und immer tiefer hinein in ihre eigene Geschichte: in das dämmrige Elternhaus ihrer Kindheit, zu den ersten Schritten hinaus in die großen Freiheiten, in die Amour fou zu einem alternden Künstler und einem gewagten Spiel von Nähe und Entfernung.

Sprachlich ebenso präzis wie poetisch, verdichtet sich in Rückblenden, Episoden und Momentaufnahmen das Bild einer jungen Frau, die ihr Leben anprobiert wie die Kleider, die sie näht. Sie möchte endlich ihren Platz finden in diesem Geflecht aus vorübergehenden Lieben und Jobs, aus familiären Spuren, flüchtigen Begegnungen und einer eigenen, selbstbestimmten Zukunft. So poetisch ist vom Erwachsenwerden einer jungen Frau noch nie erzählt worden.

„Angelika Reitzer hat ... eine sehr helle, eine gut ausgeleuchtete Prosa vorgelegt ... Das Besondere, das Einprägsame an Taghelle Gegend aber ist Reitzers Sprache: Sie ist ganz unverkrampft und genau, schnörkellos und sacht überraschend.“
Ö1, Daniela Strigl

„Ein Roman der leisen Nuancen: exzellent! ... Reitzers Buch ist ein nachhaltiges Debüt, ein Zeichen des Sieges einer Autorin, die zur Sache und Sprache kommt. Sie bleibt dabei präzise und lässt sich auf keine Umwege ein – ihre Prosa ist eine melodisch-poetische Reise.“
Die Presse, Michael Stavarič

„Eine großartige Talentprobe.“
Salzburger Nachrichten, Anton Thuswaldner

„Ein literarisches Zeitbild, zugleich eine poetische Skizze, unbestimmt, dabei aber voller konkreter Ereignisse unseres eigenen Lebens.“
BR Lesezeichen, Rudolf von Bitter

www.haymonverlag.at